大海娓娓道来

刘颖 著

长江出版传媒

长江文艺出版社

刘 颖

山东烟台人。中国作家协会会员，烟台市签约文艺家。诗歌发表于《诗刊》《星星》《诗选刊》《诗潮》《诗林》《长江文艺》《飞天》等杂志，入选多种选本。获烟台市"优秀文艺作品奖"等奖项。

目　录

第四辑　故乡在水上

第一辑

无夜的夜曲

大海娓娓道来

使我获得新生的
经常是海
当它用飞翔的蓝和微微动荡占据我
再远一些
小船越过天际线从另一个世界驶来
引导我抵达自己的底部

阳光在海面完成了匍匐的愿望
老人在沙滩上展开翅膀
好像早晨刚把他从未来捡回来
天高得要失去自己一样，风清得白水河一样

这时候，我想把恨的人再恨一遍
比邻而居，三生往来
把爱的人再爱一遍，那情形
就像大海对着一条小鱼，娓娓道来

这些已足够

白云那么低，它们没有身世
走到眼睛里就停下
我不能不是湖水

桃花已修炼成雾气
鸟鸣落进我的木头身体
我不能不长出叶子

多么善良的误会
蚂蚁将我的脚背认作桥梁
请放心行走
我已稳固好这座悬念

吹过我的风
也只有我这么小

这些足够了
可以随身携带的人世
也就这么几种

好在，我已认出

它们全是光的形状

因为它们，我才活得不那么像人

猜火车

多年以后，我还在追赶一列旧火车
那是第一次，远方从贴身口袋里掏出
我通体明亮，还不会在思考里使用丝茧
从小城到更北的北方
两千公里的布局，飞行是唯一的细节

仿佛成为自己的客人
我已不记得，是否众多的陌生为我重新命名
是否路过的苍茫加深了孤独的盛美
当夜晚用胸口贴近我
是否明白它是我最后的亲人
而这些都可以忽略，重要的是
我年轻的小身体冒着热气
在阳光下闪着光，穿过自己的无边无际

我用了三十年
再也没能追上一九九二年的火车
没追上两千公里都不舍得合眼的
满天星光

唯有湖水

一生中，总有一个夜晚从湖水开始
北大川的水摇晃着，看不见的事物在形成
我们也在形成，陷入忽然的朗诵会里
一群岸上的水藻
用别人的词语爱着眼前不能说出的部分

坐在湖边的几个人，其实是一个人
一个人对天空、星辰、热泪的分解
是少年将心中的石子抛向湖心
又在中年的胸口扩散

酒一样的夜空，低于湖面
又高得不在人间
星星在头顶，为莫名的泪水搭起天堂

从湖水开始的夜晚才是夜晚
我们的身体带着它，荡漾着
越入各自的边际
进入多年后每一次失神的时候

多年后，我们还坐在凌晨一点的湖边

在北大川的风里，成为微微颤抖的事物

夜晚，刚刚开始

空椅子

忽然的幸福沿着身体蔓延
如同车窗外向后奔跑的栾树
不可触摸却明亮存在

年轻的母亲坐成直角
小女孩在她怀里顺势成更小的角
她用双手做动物游戏，蝴蝶低飞
小马快跑，有时
头在妈妈胸口一歪就领出羊羔
傍晚的光浮在空中动物园里，不肯落下

同在阳光里的我，如今也喜欢自陷孤独
只是，身后不再是母亲用肉身折叠出的靠背
我的身后，是几十年来
星辰与黑夜、峭壁与山谷、刀子与木鞘
所搭建起来的平静的
空椅子

忽已中年

太阳落在电线上
整个西天涨满危险的玫瑰红
仿佛有什么要诞生

而圆月，同时悬在东方的低空
一枚透明的硬币，在洁静里占卜
仿佛有什么正消失

河水摆在两者之间
接通了它们的对峙
不问西东，向天空流去

坐在这三者中央
恍惚间自己是不明物质，刚刚重生
在盛大的光影里心怀感恩
我想起了父亲
又想起了母亲

我在此地四海为家

来到水塘，是黄昏的挽留
我有池水的不安，也有虫鸣的无所事事
人到中年，与万物的界限已不分明
处处皆着落

荷叶与秋色之间，尚有露珠的距离
杂草相貌端庄
替我生长黄叶

我们同名：亿万年后的暗物质
但不妨碍须臾里生动
草木无心，皆为阳光的宠物
我眼睛笨拙，惯于漫不经意

时间不在这里
植物、石头、虫蚁，都是这片边疆的甲骨文
只神秘，不占卜

我们眼神涣散，如此轻盈
我们互不打扰，彼此深情
我在此地，四海为家

我们需要一场白

没有雪
雪以信息的方式到来
松花江、白洋河、渭水同时收录第一场雪
友人们的大雪从四面涌来
瞬间将我堆成移动的雪人
走在枫叶林中的黄金里

湖心亭的张岱以雪酿酒，当风举起第一杯
狄金森以女尼的身份就要关上房门
我的友人们，人到中年仍为雪瞬间热泪
我不能不爱他们

你看，我是一个集体
是天各一方的他们以生命的余温攒起来的一颗
冰冻而暖和的糖球

凌晨三点的狸猫

它的尽头被夜空接走
在那里，星星降落凡间
凌晨三点的桐林路，是楼宇间凝固的河流
以天空为堤岸

一切静物皆如幻影
桐林路此时是它自己，它醒来
从来没有斑马线，没有斑马飞出
从来没有行道线，没有行驶的痕迹
它深刻的腼腆，是少女黑黑的长辫搭在夜晚胸口
两边的树木如同一株株小雾远去
路灯不眨眼，它们闭上眼睛亮着

凌晨三点的桐林路是一只狸猫
从未有过负累，在时间里舒展身子
它光滑的皮毛里，正发生一些
看不见的奇迹

月非月

勇气来源于轻微的恐惧
多年后，我又一次缩紧少年的身体
贴近荒草里的井沿，伫立的时间里
传说中的邪物并未出现，养在水里的只有
更白的月亮

老井沿着光滑的石壁
一步一步走下去
一百米深的孤独沉进水里

仰望夜空时我都会想
是不是每个人看月亮时
都是一口井
有时天空虚无
我们依然向月亮的空缺，深深望去

夜晚是一个人的江湖

一个人喝酒，跟自己情深意长
一个人修剪四起的虫鸣
把恩怨搬进月色，去渡陈仓

一个人自断绳索，坠落沉默的深渊
在谷底种植露水
一个人敲响锣鼓，将自己迎娶
所有的黑暗都是烛光，遍地野花都是女儿

一个人肝胆做笔墨，在铁上写信
热泪做落款
绝壁上所有的树，都喊作兄弟

一个人和无数隐私明摆在一起
建堤坝，泄洪水
独自等在下游将鸩毒再次饮下

一个人把自己从千山外喊回来
在身体里搭建寺庙，净手焚香
如果幸运，你还会在剧情中看到
一个人长笛为剑，去解救夜空
星如繁花，跌落凡间

夜色是一条近路

夕阳转过身去
影子返回我
夜色有一对蓝翅膀
让我容易靠近自己，如风过藻溪
或者，夜色是一条近路
让我从身体里出走
如忧伤的人，一低眉抵达深秋
我掌上有千亩月光
分给开花寺的泥胎
寺外的流水
月光从未有私藏
就像今晚的我，用樱花树靠近地面的方式
花落一层
又一层

我是雨即将落地的那一部分

多年以来，我一直不明白
为何看到道路两旁的杨树叶
就跟着它们在阳光中闪耀
为何听到虫鸣
就散落进草丛
为何在星空下会忽然泪下
觉得人间已跌落
我已自失

直到有一天我站在屋檐下
看到雨把方向交给风
我才知道，我是雨即将落地的那一部分
遇到泥土，就安详或者
轻轻起飞

归 来

我是那么喜爱纷纷下落的东西
月色，敲打木鱼的弧线
见你之前的一秒和一秒

坐在黄昏里，看秋天贴近地面的样子
叶子簌簌落下，像一种情绪
音符离琴弦
喜鹊忽然从银杏树上起飞

世间万物真好
有向上和向下的飞翔
大地和天空的接纳都叫作
归来

普通人

阳光照下来，凉了半截
白雪每年都来这里跟骨头相认
松树和青草绿着
像曾经热腾腾的生命

麻雀站在那些名字前
受不了深渊的沉默
颤抖一下，就飞走
偶尔也会有人带来雏菊
念叨几句，流些泪水
走了，影子都留不下

这片园子里，除了生卒年月和名字
墓碑的棱角都没什么不同
有谁曾经是普通人
有谁在这里
不是普通人

允许自己更小些

天空用雨点写长信，说出洁白的花蕊
看种子结成种子
看人类面容可爱，会流泪
母亲的眼睛是大地的星星
茂盛又轻盈

雪、月光、果园里的粗手
都将开成花朵
起风了，涛声从叶脉里涌出
整个山就红了，给秋天贴上邮票

是的，我是你经过的那枚秋海棠
我来过的这段人间，多么美
我埋首，让自己
小一些，更小一些
像一颗甜甜的尘埃

鱼

三分魂魄，两分留在鱼钩的惊恐里
悬着的一分养在玻璃缸
水在颤抖，丝兰叶子也在抖

一生只爱水
爱到嘴角下垂，表情忧伤
干净地活着是件多么不容易的事情
天空辽阔，可以无限修辞
从大海来到客厅的鱼，在黄昏里偶尔游动
一截时间耸立起来
站了一个轻薄的命运

能饮一杯无

此时雪漫天，此时茶清浅
光阴从来就是刀子
在我们土豆般的身上斜着转动
不紧不慢

越来越像植物的我们
还说到某种教育，种植元胡时
要浅一点，稀一点，暖一点
我们这些亲爱的元胡啊已到中年
彼此间保持完美的距离
自己医治自己
仿佛我们不是当年一起痛哭的人

提及旧信里的人，各自绕了过去
就像当年在林荫里走着，小心绕过
叶子里漏下来的
一小块疼痛的光

过人间书

她偏执地爱上蓝以及
与蓝相关的事物
那情形分明是想与它为敌

她用蓝墨水写诗
浮起群山以及更重的欢喜
她穿宽大的蓝布裙
系上细腰带，给镜子看日子的曲线

她睡在蓝色夜空里
做与人事相反的梦

宁静的女人，面容里落满蓝雪花的皎洁
此时，她走在小巷里
像一小块湖水在走动

如果再下点小雨多好
那就是
湖水以水做岸的时候

钓鱼的人

蜻蜓坐上马扎
鱼竿沉着
一整天都在钓一条大河
钓鱼的人已跟随河水去散步

柳树长，菖蒲短
他一边走一边唱
"我本是卧龙岗散淡的人……"
天际松开太阳，送走群山
他回到空的鱼竿旁，放生了自己的影子

白衬衣的下午

唯一的衣服挂在晾衣绳上
微微的褶皱里还保留谁的体温

它肩膀斜向南，抖了一下
又向北，仿佛刚卸下重物

海在它身上鼓荡
波浪一层接一层，动作很轻

忽然腾空飞起
几番转折没有停止
仿佛主人的一部分尚未离去

忍不住激动了，它就从绳子一端
直接跌到另一端

但是，阳光总会拿走它所有的情感
给它安静
以免挣扎出一个疲惫的人

宁静坐在阁楼里

宁静像薄纸，瞬间被击中
一片片旋转着，倒在阁楼里
这是下午三点，它正被一个声音所切割
那是从楼下传来的割草机的轰鸣
闪着寒光

宁静还是性情温柔的液体，它战栗着
涌出许多漩涡，水珠四溅
我想拿一块止痛膏，为它敷上去

声音终于停下了
周围的事物随之矮下去一寸
重新修剪过的房间宽阔了许多
并为我送出四月青草的香气

堆叶子

每到被种植的那天,黄葛树就会落叶
年年如此,从不记错
即使在春天
即使正爱着身旁的另一棵
它也要停止一切,让自己变黄

从骨骼上摘下自己,缓慢地
像从铁里
满天黄叶落下,像它送给自己的葬礼
没有死亡,只是为了纪念
以一部分身体的消失为阶梯
一步步向下,通往开始的地方

其实,爱就是堆叶子
念及此,我摇了摇自己
疼痛片片落下,抵达你深处

中年的比喻

在时光的海洋里穿行
像晓风中的帆，动作洁净

修炼多年，我已经学会丢掉干燥的思想
像卵石放弃无用的棱角

也能顺从命运铺好的弯路
以流水的气质走下去

被安静的事物所激荡
我捧出《诗经》里所有的月光

谈及余生，谁也看不出
我还是悄悄爱着，漩涡般危险的一小部分
它藏在身体深处，等待我着陆

日子是浆果的局部

一只浆果被时间发育好
带着欢喜心在院子里走动

如果迷恋苦涩
它回到柿子树，修饰阳光
如果热衷酒的理想
它回到葡萄树，垂下疑问
它还一身野气回到醋栗树中间
诚恳小小，语气柔软

活泼的浆果在歧义里流动
也降落到不结果实的植物中间
凝聚空白，或者未来

浆果是大地的浪漫主义作品
是日子的局部，尚未滴落
我们沉沦于它的内部，顺从它的甜度
我们愿意活得软弱，如同对抗

临　界

仿佛夜晚的遗物
醒来的人不想与白天发生关系

十二月了，寒冷容易让事物下沉
我有石头的不安，搁浅在滩
寒冷也在枕边的阿赫玛托娃自传里
年轻的她正向眼睛里投放危险的爱情

夜晚与白昼之间的锦绣里
人隐约存在，气息虚晃
没有什么认领我，我是自己的临界
漂浮物般没有归属
是喜欢的

大象向北

不必寻找，我已放弃森林的古老
跟着一种蓝一路向北
海洋的浪花在脚步里翻动
尾巴朝左，缀满星辰

在河水里停下七秒
跟它交谈棱角以及白色的理想
请不必寻找
我已把秩序留在你们的南方

这一次，我想制作一个巨大的落款
用玫瑰的香和罂粟的毒
留在内心最小的地方
我愿意这一切，与你们无关

大象向北
一个人的孤独向北

如果石头会歌唱

它不会从沧海开始，也不会从黑夜的触角
从怀抱的火焰开始
它只愿意唱轻的事物，比如一棵苦荬菜
唱它以两手空空得到人间的疼爱

长在草坡的苦荬菜，离开众人
在三月里出走，来到僻远的河边修补春天
从沟壑里取出花朵，又取出蜂蜜
明月低悬的时候，它怀念故乡的山冈
落下腌菜般的泪水

如果石头能歌唱，就唱一棵苦荬菜
唱它为了雪的嘱托
酿造并熄灭了自己全部微光

我这个胆小的人

我这个胆小的人，终于显示出坚硬的部分
胶片上，小石子遍及关节
小如沙砾，大如鹅卵
是它逼迫我弯曲自己

我知道
结石是悲伤超过饱和度而析出的晶体
附着于身体暗处

常常随水逐流，躲在真相背后
途经漏雨的表演，也加入赞美
声音小如触角，我确定它发源于胆汁

我还为水月上过釉，以绳索当律令
悲伤垂下头去，凝聚成光

中年的谷子

遇到金黄的谷子，在林立的生活里
在去往六度寺的山坡上
灌木丛的中央
微风不起，谷穗低垂

金黄的谷子一直在我们心中
像石器时代的陶器，泥胎的艺术品
羞赧，温和
出不出土都在那里

不是谷子本身
所有与谷子相关的过去在擦拭我们
低垂的过去，一望无际
多年来，借助轻轻的擦拭
我们保留了植物的属性

没有谁的约定，我们集体陷入沉默
初秋的山坡上
陈旧的我们，在阳光里微微倾斜

是　谁

芭蕾女人在镜子里微微前倾
旋转的弧线，闪着玻璃光泽
她一抬头，困进我目光里
如果我能把体温和呼吸送给她

像某种回忆
我无法将你从过去的苍茫里取出来
也无法将自己送回去

我与你，隔着一层坚硬的空无
没有通道
这样的无望是生活赠予的
我已习惯在现实与梦境之间穿针引线
乐此不疲

于小凡笑起来

于小凡的笑，在我的一颗泪里

他坐在地板上一歪头就笑起来
奶白的乳牙闪着
在我心里酿造春天的湖水
他摔倒了也要笑
拍着两岁的手，像拍一对翅膀
他还用弯弯的笑去追赶针管
甚至对着苍白的病房
于小凡也轻易欢喜
我从他那里知道
这些是开心的事物

于小凡的笑，只有两平方米
却发生在他离开后的任何地方

我只见过他一次，却见到了他的一生
真好，他来不及认识什么叫悲伤

往后余生

请原谅，我如此偏爱大海
每个夜晚与它共用苍茫
像它那样，涟漪生成鳞片
像它那样不需要光，黑暗中取出珍珠

在岸边，以水藻的姿势与它胸口相对
风带来你的消息
我喜欢微微潮湿的你

余生只关心水的事情
我一遍遍剪掉多余的浪花
也甘愿自沉海底
孤独是没有欲望的睡眠
我住在里面

玻璃体

一群波纹在漂移
流动在玻璃墙体中的，还有变异的我
与云与树木同在平面里游荡
如同空空的衣服跟随风

"以空旷对空旷，以闪电对闪电"
我看到自己与天空重叠
同时被平面容器取消声音
那种呼啸而平静的形体
仿佛已脱离宿命
不知为何，看到自己变形的幻影
我莫名欢喜

一束花安静下来

捧着它，我像一小块移动的土壤
它不得不试着理解花瓶
理解逝水
在梳理掉露珠和蜜蜂之后
也试着把风遗忘在山中

此刻，它安静得超过一个假象
美丽得
如同一束盛开的遗址

时间走下楼梯

它抖了抖身上的露珠
来到女贞树前
在它身上开米粒般的小花
淡黄，接近回忆
有月色的香气
它允许这些花朵在风里飞

时间总是默默劳作，像我们的母亲
它招呼女贞花发出太阳的光泽
将这些颜色以飘动的形式
送给路旁那个失明的女孩

客厅里的豆荚树

它羞愧于丢失了风
枝叶局促，呼吸止于七分
神情黯淡，自带木质
而它曾被赞叹，多么貌美的豆荚树

它拥有华丽的厅堂
尊贵的陶盆和精致的水
拥有丝绸般的女主人
优雅的目光像早晨经过湖水

再也没有落叶奔向山谷
也不会有完美的伤痕
如果恐惧能再次占领它，那将多么奢侈
它活着，只是制作了活着

望着它时，我常想
它会不会认为
我也是移动的标本

与己书

当生命轻于晚风，请你记得
先将属于你的物品取消
免去它们被称为遗物的悲哀
至于诗集，可以埋在任何树下
低矮些的更好
草木把心捧给你
就让泥土为用过的每个活生生的文字加冕
我知道你深爱它们，爱女儿一样
养育过它们的骨血

照片更要早一笔勾销
你只是按照自己的规则虚构了自己
比如读无用的书，关注苦命的草
比如无端仰望星空
这一次，让它先于你而去
你的虚构并不完整，没有做到完全听命于自己
陷阱和花朵都没躲过
还放任自己埋进水里

人间多好，给你辽阔的爱
生命失去力气的时候，将你移交到天空的厅堂

不必难过，至此可以证实

你本为虚构

峡谷微小

峡谷不在山中，在天空里
无非是阳光葱郁，涧水晴朗
无非是，野花举着四月
叶子落着九月
唯一的早樱成为空谷的心跳

所有的峡谷都残忍
崖壁如同剑光倒悬
刀口如此浩荡
还要用蝴蝶清点细节

我的峡谷，在胸口刚刚磨出的针尖里
深深的缺口中，盐类物质一样都不缺少
只是，我捂住了全部风声
仿佛你未曾来过

独　唱

我们在星辰里赦免自己，日出里重生
在此之前，我最偏爱的动作是
俯身诗歌的流水
听它在野地独自回响

有时，它像养在瓶子里的海
浪花的余音反复挣扎

有时，是风忽然折断自己
腾出一片月色

更多的时候，我被声音的银光轻轻推动
既是前生，又是后世
自己缉拿自己并赐予宽宥
我迷恋那永远不能上岸的
飘动的失落

樱花落

我就不去看樱花了
它们开得正盛，像你我的中年
信守无法移动的秩序
我更爱它们下落的时候
随意在墙角在溪流
像对自己释放和谅解

我已经准备好，在余下的时光里
卸下枝干的虬曲，方向的歧义
甚至鸟鸣
甚至细雪

修饰的部分都不要了，像羽毛奔向羽毛
所有将要相遇的事物之间
有一种相见叫樱花落

湖水所能担负的

如果这一天过得干燥
或者跟自己成为仇人
我会去湖边看水
看水中松弛的影子
柳树、飞鸟、夕阳
它们与水中的自己，才能定义完整

站得足够久，我会看到独居水府的鲤鱼
一根根拔掉鳞片，拔去前生
化作牡丹女，去往灯下的书生

湖水软，它能担负的无非是
让荒烟蔓草的女人在关外
再一次与自己萍水相逢

在体检中心

一些号码排列在电子屏幕上
端正严肃，像秩序本身
一些身体等候在检查室门口
缓缓移动，像弃置的车厢
一些号码被领进门
遵守指令，顺从仪器
把身体的某一部分送到要求里

整整一上午，一个只有号码的物体
被各种钢铁和精密数据反复丈量
怀疑自己是否还有温度

再次回到太阳里，身体的枝叶
瞬间茂盛，晶莹明亮
仿佛一个人忽然能缔造无数繁荣
有时候，让我们轻易获得力量的是
阳光和风，这些柔软的东西

镜　子

没有像它那样深刻的物体
用光解析一个人的暗处
折射出盐在身体里的成因
也能从白发里找到遗恨
忽略已久的痣，重新搅动另一个人的湖水

你从你中转过身
依然有力量来自镜子深处
肩膀被身后的光轻轻按住
往事是理想主义的孩子
它的归属感来源于胸口的温度

倦意来临之前，你试图离开
依然忍不住回头
如同望向自己的蝉衣

接　应

从远方归来，习惯于打量每个房间
书房、卧室、厨房
好像我不在的这些天
它们会发生意外，其实没有
时间静止于我出发前
玉鸟依然在飞，还没飞出画框
书房的诗集依然集体孤独
橡木桶里的红酒，十年未醒
非要找出变化
只是茉莉用花苞鼓出夏天
风在空气里种了微微的糖
之后，我才完整起来
仿佛跟之前的我一一对接
仿佛这样
我才不是房间里多出来的一部分

见故乡

不是为了大海
也不是接近浅滩的水鸟
它们太柔软
我来，是为沙滩上破碎的石头
成为鹅卵石之前
从石头里出走之后
它们一颗跟着一颗，在远处走成海岸线
没有尽头
在近处，它们一低头
把岩石的心交给水

没有一种情义像它那样不要退路
全部拿出去，连同身体里的火
我置身其中，一遍遍洗劫自己
以所有经过我的事物

"每个人都是自己的故乡"
我如此笃定，为的
成为一小枚椭圆的故乡
恰好落在你胸口

第二辑

雪的行书

林　间

我更愿意在夜晚将自己流放到林间
像行走的植物
深暗中，各种叶子的气息像看不见的大雾
栾树、女贞、马尾松
它们互不认识，却用微苦的香气
在彼此间川流不息

夜色深情，帮人间删去多余的礼节
此时，如果偶尔有人互相路过
他们的影子拂动影子
就完成了草木般的相逢

时间再深些，宁静沉淀出许多明亮的东西
折断的虫鸣，漏到地面的月光
而我深深满足的是，它没有
把一个散步的女人以及
她被晚风析出的空白从树林里
区分出来

与辛鹿的午后

终于将日子的杂音放进文件
搁到第二个书架上
我们坐下来，搅动下午的咖啡
我们爱它颜色暗淡，略深于生活的阴影
还爱它的苦
这样的苦让我们沉到杯底
生活的回音以及与它相关的
渐渐浮上杯沿

杯子外，春天的小路已翻过山顶
阳光越过土耳其的庄园，落在我们唇边
不需要冰水的仪式
我们中年的身体密植灵敏的锯齿
正是这些锯齿，深深怜悯水中的苦
当它在身体里慢慢扩散
我们却平静得
如同降落地面的夜空

会不会是爱

没有你的消息，风不是风
是沙哑的牧场
这一天，经过我的事物都发生漂移
四月的苦楝、穿过大街的猫、梯形斑马线
望去的瞬间，它们全部离开自己
光一般起身向西，去往白水河
它们会不会知道
那是你摘下樱树上的一枚天堂
递给我的地方

你好，小糯米

躺在月光中央，你只是幼小模型
我不能把你跟人的属性连接起来
这中间缺少很多填充之物，比如苦难
你连侧身都不会
饥饿时，妄图吮吸手指为养料
不及阳台上的苏铁叶子，借来光生长
也不及我的小羊
出生几分钟就可以奔跑田野

站在你跟前的不是我
是一些交集的词语
花朵与冰山，钉子与白壁
还要用一生去磨炼它们
有什么是我不忍的
是为你的弱小如同糯米
还是我的遍身鳞甲

小糯米，不要怕
你通向我的过程里，总有阳光的褓褓
总有奶香般的事物将我们抚慰
因此，我深深祝福你

那么好的事情

给你写信
是那么好的事情

早上
刚开的豆荚花藏在叶子里
我会写上
你那里可以有蝴蝶吗

傍晚的时候
我在村子里跟青草一起晃来晃去
你那里有寂静吗

到了夜晚
我趴在木格子窗上
月光在院子里画些水墨
你那里有箫吗

艾草的香
要关上我的睫毛了
你那里有梦吗

亲一亲天空

四月悠扬，空气明亮

像意料中的爱情

天空，让我亲一亲你

小鱼一样张开嘴，蜜一样的声响

不需要你听到

仰起头，我的吻不是桃花偏爱你

也不是月亮执迷

天鹅一样引颈于你

完全因为惮于衰老——这个野蛮的词语

相似的事情还有

每天模仿丝瓜倒悬于空中

身体附上各种保持的水

我知道那些水都来源自你

我亲吻你，不是爱你

只是想要养育年轻这个事物

像培养高山的水晶草

年轻不仅是魂魄

生活这么美

我要让所有的好配得上

余生的荒谬

给　你

我一定是它遗失的伤口
不然身体里的蓝为什么又一次
带我到这里
这个玫瑰气息的早晨
大海和我，两种内部相同的事物
又一次互为源头
我的悲伤从身后、从沙粒的缝隙、从幻影中
朝着它亲近地涌去
而它，以胸口接纳我所有的鳞片

没有别的事物了
只有锯齿形的蓝擦拭我
使我渐渐成为水的雕塑，并很快
消失于大海深处

送信的人

你是从窗里走进来的，影子般
在我对面坐下，不说一句话
银色带子也跟着你，从窗边垂下
我认出，那是光

你低头看我的食指
玫瑰色的暗疮，为一个字所伤
移动右手，你推过来两封信
纸已泛黄，看上去写完多年
从开头到结尾，两封信件没有任何不同

疑惑时，你已在开满桂花的院子里走动
秘密的叶子从你经过的地方长出来
多边形的气息瞬间充满屋子
从没有告诉过你，我喜欢味道不分明的植物
就像爱着折叠的人间

你消失在叶子里，信里的文字也消失了
其实满纸只有一个句子
一个句子被反复书写：
我在未来爱过你

一个人走在大街上

喜欢听叶子
它在树上走路发出星星坠落的声响
喜欢它没有方向
就像我们
一个人走在无人的大街上
是多么广袤的事，多么孤独的事
多么春深花繁多么虎在危崖的事
多么想倾诉
又不需要跟任何人诉说的事

一个人走在大街上
像一棵树那样响亮

春天的眼神

到了三月，事物一夜间就回来了
它们喜欢打破，没有谦虚的心

比如绿色，它手执印章
到处确认春天
比如河水，铺开丝绸的凉意
还有什么松开的声响

春天有大脾气，阳光说开荒就开荒
也有小动作，麻雀的黑眼珠
白云绕青山
而我最喜欢的眼神
是野桃树上尚有一点薄雪

初　雪

风在叶子上滚动，圆圆的风

柿子树上最后一颗红果
是对人间忍不住的疼爱

松木梯子上，你的视线正落向第三格
像落上一只蝴蝶

我铺开满窗的光给你写信
刚写下：亲爱的

初雪便飘起来，就这么飘吧
不要落下来

微 凉

檐下的水珠，似落未落
略等于秋天站台上，未出口的称呼
火车驶过原野，是一行雁书
你奔去的北方
白桦树日夜隐忍，用脊背书写词语

北纬四十三度的此时，白露过后
下午茶栖息小片微凉
亲爱的
你往椅背上靠一靠
就会看到窗外
稿纸上捂不住的苍茫
如果恰巧看到一朵星
那是人间轻轻爱你的一颗痣

去看桃花的那个下午

没有比这更迷人的事情
我们去寻找记忆中的桃花
除了不确定，我们没有带任何物品

没有谈及流水和远方
来自松林的风代替了我们的言语
我们走的，是被时间反复挑选过的山路
偏僻的事物不能修复平静
偶尔我们也离开自己，进入
不知名字的杂草体内

起雾了，又一次置身于迷惘
我们飞起来，仿佛得到愉快的挽救
我们走着，忘记了
也许并不存在的桃花

避　雨

从来都没有声响
雨是光着脚的
它来到人间，遇到沉默的事物就拍打
破败的鸟窝、低矮的草叶、新鲜的坟墓
——发出忍住的声音
雨打在我身上，也没有声响
我与它是相同的物质

整个黄昏都在下雨
避雨的最好方式是走进雨中
我全身下着雨，世界只剩了水
我在它中央，领着全世界的雨往前走
我是雨黑色的核

我落进自己体内

最好是傍晚
最好有古老的榆树
蝉声里的秋水欲断未断

上弦月西斜
天空拨出余音，用所有的轻
这前世今生的恍惚让人着迷
青草淡香，若着羽衣

我总喜欢在路边慢慢走
落在松针体内，白蝴蝶体内，脚边的青石子体内
直到我成为夜色的一部分
落进自己的体内

两棵植物之间

积雪草在阳光里
铁线蕨在阳光外
女人坐于它们之间
榆木桌上的书页里，里尔克正下一场雨

文鸟在窗前忽然叫起来
它叫：秋啊，秋
小嘴尖尖，红艳得
像衔着诗人锐利的伤悲

有所寄

我是有微微的醉意，因为初夏和你
味道清苦的植物才配得上这么好的夜晚
我也是
我是偏见本身，跟女贞树一样
我的洁白只有米粒那么小，用来疏远辽阔
苦涩的第三种解释可以轻易找到我
你喜欢繁殖阴影，获取舒适区域
仿佛这蓬勃的晕染之处才柔软
才拥有阳光的温度

荒凉的人世里，我们用荒凉提取温暖

我是有微微的醉意
这一年从四月开始，以后每个月都是四月
我们每天种一点云，直到最后
所有的日子加起来，形成一场大雨
我们亲手制造的河流，不是流逝
我们将叫它，纪念品

风　起

来看我
不必是雪天，不要惊动如此梦幻的路
大部分的我已清晰如伤口

也不必是雨天
我的小城是湿润的地方
不要再给它悲伤

风起时最好
所有的树木有相同的颤抖
丘陵越过平原
你知道，我爱所有的叶子
为它们的气息所乱
苦一点的更好，自带夜晚
树木将根部的海注入小小叶片
用一万颗波浪的眼睛，凝望天空
我这爱单调的相守
我要你经过所有向北的叶子
七天七夜
到来时，你已是枯荣外的一片
无需言语，我们以伤口相认

我们已经准备好

常常悲哀于极盛的事物
凡·高的向日葵，秋天的柿子树
一个人走到中年，毋庸置疑
他开始更快地参与消失这件事
无论是不是已准备好勇气
坐在江边
晚霞用奋不顾身的色彩袭击了你
瞬间陷入巨大的繁华
同时，荒凉沿着身体的边缘
向内部向深处聚拢过来
悲哀是个无助的孩子
它不需要把手递给谁
只要坐在水边将自己染透
慢慢地，长出对万物的怜悯

雪见草

开略微的花，仿佛随时可以省去
偏爱荒原，走在人群背面
大雪覆盖冬天时
积攒了一生的年少刚刚长好
北方结构分明，草是属于夏天的段落
唯有它怀着瓷器的心
大雪做故乡
远远望去，尘世的苍茫里
一棵草的寂静

就像你轻轻的一句
"这些年，你一直在我心里。"

七 天

忽已秋，窗外的山已远去
是时候整理自己了
取出空白

挑好一周无用的票据
止痛药单、快餐单、购书单、取款单、加油单……
丢一张，事件就复活一遍
又消失一遍，直到七天都被扔掉
纸篓里装满时间的壳
执念长出的叶片，纷纷离散
我们跟它们如此相似
被偶然摘下来的一片
暂时搁在人间

给我一个院子

给我一个院子，门前梧桐简单
不让它深院锁秋
只需雨里欢颜，再睡一床雪

给我一个院子，吹过古渡头的风
还在吹
木头吹成短笛，尘埃吹成流萤

给我一个院子，我什么也不种
野草野花随便生长
我和它们一起
白天晒一院子阳光
晚上晒一院子月光

给我一个院子，你天天来看我
有时抱着羊羔，有时赶着云朵
来时，我只看你的草帽不看你
走后，我不听你的余音只听雨

给我一个院子，我山水酿烈酒
淡月煮清茶
做你兰花布衣的新娘

临水一章

坐在岸边，像一滴水
怀抱波涛，消失了言语

有什么可说呢
霜叶这么红，云朵这么白
远行的人已在江心

有什么可说呢
流过桃花潭的水，又流经袖底
情深千尺不及寡意半盏

有什么可说呢，风就要起了
万物被领走之前
都曾是阳光奔赴的顶点

若比邻

我能做的只是，在地图上看你
沿虚拟的高速路线飞奔
你我之间的江山
两千里初秋和阳光

我能做的是
看一只大雁向南
在我目光里拍打翅膀的孤寂
用不完的魏晋山川
数不完的唐宋渡口

河流、湖泊、无数的村庄
像星辰跟随你旋转
我能做的是
让两千里的道路在我胸口行驶
峰峦在眼睛里颠簸

原地跑累了，我将这亲爱的遥远缩小
路线的静脉在掌中蜿蜒
我手指并拢，将大陆提起
省去长江和黄海，省去七个小时
两座城市就头抵头，瞬间成为邻居

不是风，是我

触摸紫薇的树干，得到
花朵的颤抖
指纹与它们之间，遥远又秘密的
呼应，来自哪里

动作更轻，从另一棵粗壮里
得到相同的颤抖
手位移低，低到根部
裙摆般的红，在天空里微微点头
不是风

初夏十里，你抚摸羞涩的树干
一天又要过去，事情尚未发生
你只是在重复的动作里
让黄昏收留一个女人和她
不明所以的摇晃

秋天像我

凉意开始管理万物
淡淡的，往后余生的凉
水去往冰的路上，有冷静用来挥霍
我们在水身后

秋天是天空的远，鸽子的静
大地的向内生长

身旁的植物没有名字
花事已做完，那种安心像我
人世舒朗，云朵低垂
它放弃天空，不知要去往哪里
像我

群峰在远处完美
我在我之外，在它们之间
发育，丰腴，空荡荡

远　游

热爱树林的不仅有鸟鸣
春天也会把我计算在内
我浮游于黄昏
河水从身体里穿过

我们这些居住于天空的人
在接近神的地方面目粗糙
到近处的林中远游

在这里，所有的事物都保持耐心
马尾松一生执着，用针芒追问天空
在这里，思想是多余的叶子
苦楝树治疗人间，从不问自己的苦
在这里，清风徐来
现实跌落水中

去樱花镇

那么，第七天我们去吧
花期的最后一天
我们相识的下一分钟，就去
风在我们身上堆雪
所有的时间跟着落下来
樱花之前，半生之后

雪白的寂静，在你眼里失去边际
整个小镇深陷其中

一整天我们不说话
偶尔微笑，是因为忧伤

这就对了
没有一种深深的爱不是从忧伤开始

简单的事物

紫叶李开了
微小，淡粉
超过很多事物
羊羔的眼睛，姐姐的嫁衣
清晨的露珠，死去多年的外婆

单薄的五片，这么直白
像月亮走进心里
鸽子落在肩头

明天重复今天
你还在爱我

是的，是这些简单的事物
如同母亲这个称呼
照顾我们的伤口
我们才有能力原谅所有的锯齿

你在山中

请让我变成不打扰的梦
细小如同触角
我要去你的山里
看云朵如何从水中发芽

流向心田的是花的汁液
你的眼波是第一片雪
肩头，朵朵太阳繁茂
袖底，住着水的故乡

我还发现惊讶的秘密
为你松土的是一些
朴素的蝴蝶

每个夜晚
你都在纸上开出一树树诗行
我想做安静的小鸟
躲在里面，连月光都找不到
"这样多好
我说不出来它有多好"

栀子花

夜半未眠的
我，还有墙角的它
我和它，一个倚着夜色返回
一个扶着影子走出

月光装了人间多少凉
苍茫被栀子花接过来
又往深处开了一寸

洁白是一种善意
拂去时间的瘢痕
它用暗香把想说的轻轻表达

我侧过身来
栀子花有着挽救什么的香气

与树荫一起慢慢生活

我们坐在古老的水边
流水清澈，超过少年的脸
你的眼睛装下天空
没有风

你教我认诗经里的薇草和晚菘
你说它们不叫野豌豆秋白菜
只不过是，有时擎起月光
有时迷恋泥土

我编花环，戴在这一小段光阴
我们望远处的山，近处的云
炊烟像疼惜，随意爱着人间

你牵着我回家去
我们跟半亩树荫一起缓慢生活
落在岁月的后面

一个人的朗诵会

那少年深深看了我一眼
他一定很好奇
这个中年女人何以坐在水边
轻声自语

我在读诗
诗歌像耐心的文火，静静发光
我是上面的一罐汤药
被熬得越来越浓
并偏爱被疗养的苦

能为它做的很少
不能给它动人的香气
不能擦拭它，发出瓷器的光泽
我给它们另外的存在
不是通过喉咙，让它们从我的胸口出发
经由静脉
以声音的方式获得另一种生命

清晨雨初霁

早晨是一只鱼，游在云端在林间
游过的地方在闪光

偶尔，布谷鸟不想飞了
在天空停顿，制造好看的悬念

海棠伸过来，倾斜的活泼
它不是想拦住什么

雨走后，留下你的味道
蓝不是颜色，是空谷余音

人间透明，像一颗悲喜交集的泪
这时候，我想去见见你

悬铃木

如果我能像它的球果那样
叶子落了
树皮掉了
还能守在不属于它的位置

你已离开多年
如果我还能那样不知所措地
在高空悬着
我就不会难过

与　你

我们一起去看住在山顶的云朵
是的，我们三个人
你和她走在前面
她身后的是我
两个女人之间隔着寂静的距离

你们小声说话，一起望古树苍茫
山石柔软
偶尔目光相遇，轻轻的，一碰就落
就有大雪在身体里起飞

她背影寂寞，如同移动的隧道
看不见的羽毛低低飞过

其实，没有三个人
跟你并肩的
是我留出的雕塑般的空白
我跟在身后
是想看一处空白所拥有的
无力的悲伤

我并没有那么爱你

一生唯一的飞翔，是在死后
我将你埋在榆叶梅下，同时埋下的
还有你偏爱的五色黍子和祝愿的纸条
这些年来，我们之间的情义只是隔笼相望
我并没有那么爱你
给你的鸟鸣以枷锁

我赎罪的方式，是对准夜晚挖坟墓
是反复听铁与土地的摩擦
胸口与石头的摩擦
生与死的摩擦
这么多年，我拥有多少死亡
包括自己的一部分
它们是否已重新获得翅膀

坐在四月的树下
直到伤口结成笼子将我囚禁
直到你小小的新坟，拱起
干净的月光

夜　读

夜晚的栀子花，散发雪白的香气
书房里没有人
她在一本书的第九页里
跟三叶草一起晒太阳

水汽从支架的湿毛衣上升起来
那个叫苏的男人
正在与自己讨论理智与爱情
在读过莎士比亚、笛福、薄伽丘之后
他成为混合体
成为厚待白日梦的人

望着夜空般笃定的黑眼睛
她向十九世纪的苏走了过去
她的爱，整整迟到了三百年

纸月亮

是月亮
出发后不久，落在我们身上
你感到自己的重量在减轻
慢慢地，分离出身后的自己

总有荆棘要发生
十字路口认出你，与你立于苍茫
无论夜晚还是白天
那月亮发出神秘的光
带着体温，从幼年的孤单开始
不停地找到你
以纸的耐心，将你还原成迷幻的森林

又一个秋天来了
月亮不在天空，在任何地方
像洁白的吻落在夜晚中央
因为它的存在，我们能够
只是在尝试中，就过完了一生

你是情节开始之前

苦楝树、女贞树、年轻的橡树
叶子上升起来的气息，如同余音
有些淡，是水的邻居
有点浅，是无法辨别的回忆

风吹来，人们纹理清晰
身上枝叶茂盛
孤独有慈悲之心
它已开好繁花，等你坐落

雾气淡淡，树林仿佛呓语
我在其中游荡，如同白天里的小片夜色
你在某个地方，是不能开始的情节
就很好

因为篝火

容易记住的，是缓慢的事物
羊群、牧羊人的眼神以及
歌声里的云朵
属于草原的，都拥有上升的力量

夜来得也慢，当篝火燃烧天空
陌生的手握在一起，渐渐地
细雪握了藜叶，艾草握住星星
我们微笑，像久别重逢
我们举杯，像失而复得

当烟花落下
我们逐渐熄灭自己
彼此赠予夜色，并微微陌生

逆 光

是看不见的光认出我们，它从你出发
带着青山的秘密和四月的醉意
在中式桌台微微停留

整个午后，这束光安置了我们
在古代也在未来茫然
在荷尔德林和海子的雪花里飘零
在词语的汪洋里寂静
直到我们遗忘了自己

多年以后，我们必将失散
那束光会记得它的温度
也会记得，我们同是时间旷野里的苔藓
偶然相遇，一起向春天致意
我们违背了光，以静止走向生活的腹地
而我们身后的绿意早已
相握在一起

纪念日

苏醒十枝
小菊一扎
洋桔梗一扎
泰迪一个
绣球一个，随意草一扎
这些名字从云南起身
小身体怀抱九万里晴空
降落到女人安静的瓷瓶里
它们挨在一起，修改了她嘴角的弧度
三十度刚好支起微笑的幼芽
她觉察到，身体内部的结构正被改动
一座秘密花园暗中移植进去
全部的她，带着愉悦的香气循环起来
是这些失根的花
将她嫁接到鲜艳的时间里

像这样
我们的瞬间，与别的事物互相属于
一生不过是温暖的容器
里面装满爱过的事物

甜 橙

女儿说，她喜欢病了的妈妈
不再黑板一样唠叨
也不再橡皮般总想去纠正
最不好看的是妈妈的背影
如同潦草的演算纸
病了的妈妈像公主
声音低低的
笑起来浅浅的
小口吃东西
病了的妈妈，可以整天守着女儿
像一颗甜橙

天涯草

与死亡相关的花朵，比喜讯鲜明
本该从属于抽象，却开在水边
苍茫是它第三种深情，覆盖夜晚以及
丢失故乡的人

水中月色可亲，真相已不重要
你的长城尚未修到明朝
三千里空缺，供塞外的大风和烈酒
供花朵消失后，来历不明的叶子

到不了的地方皆命名为你
夜的中央，我用露珠喂养自己
日复一日
以配得上与你的遗憾，与你
永不相见

雪只属于想象

抬头的瞬间，属于你的沉重之物
被埋在雪下
需要致敬的，需要惩戒的
我们又一次被白色抚慰
满目良善

扑向路灯的雪，像反方向的焰火
热烈幻化冷静
如果夜晚发生张扬的事件
必然是雪
我们爱它的白，是对灵魂的应允
爱它飞翔，以反对我们的肉身

我们迷恋想象中的事物
跟随雪将自己撒入空中
这么多年，通过雪我们确信
天真是贴身的口袋，装满热泪
在唯一真实的童话里
我把手递给你

第三辑

月亮主义

母亲站在弧线上

不敢向那个地方望去了
母亲所在的方向
怕看到时间在她身上的弧度
她脊背的弓，随时能搭上忧伤的箭
射中我胸口
她的四肢，即将返回婴儿形态
笨拙得拿不起自己
尤其她一开心，整个笑容
都陷在脸上的山谷里
我跟着她的笑下沉，荒凉的是
这些弧线没有什么能够接住

她的微笑曾是我的国境
随我的疆域确定长度
河流夏天结冰
冬天决堤，都算不上伤害

秋风起了，远远地向母亲望去
我的每一个省份都在缩小
小成她种植的谷粒
为的，她的笑容在往后日子里
越来越辽阔，大于记忆

不如旧

其实我们误会了自己，我们喜欢的
不是旧事物，只是它的形容词
是许久以来一直摩擦时间，使它变形
或者变色的结论

墙壁的豁口、门上的裂缝、铁锁的锈
全都认得我，拍一拍
时间就从地底回到我手里
陈旧的父母站在岁月门口
辨认风化的我

我也会在门口不见的
我这个暂时寄存在人间的旧物

所以，女儿
你要试着爱那些崭新的东西
它们都属于旧的遗物
总是一闪而过，在领到命运的瞬间已去往远方
远方，就是不断加深的旧
女儿，这两者之间的空白
是人间对我们动用的全部真情

一只鸽子侧过脸

阳光翻动五月的扉页
未完成的短句在院子里挑选修饰语
会飞的，湿润的

鸽子在睡莲边看水
我收拾女儿的珍宝
她的布娃娃、小发夹、小袜子
像有蝴蝶要落上

微笑不在眼睛里，我全身都是
就像鸽子侧过脸
看鱼虫在叶底弄小的涟漪
一两下
三四点

信的背面

你睡了，枕在我手臂，抵着我额头
一尾鱼沉入湖底
我甚至不敢呼吸，怕一个涟漪也会惊动你
光线被你的睫毛梳过，落在清晨的泉里
叮咚作响

二十年大水漫过
年轻从我身上抵达你那里，仿佛它是一个信件
你的黑发，你的眉，你年轻的四肢
每一行都得到天空和河流的祝福
我不再要求不再叮嘱
只是想在信的背面用很轻的笔画留言
仿佛不经意，仿佛看不到也没关系
其实那是最小的
小心翼翼

我在此刻，有老邮筒的幸福
怀揣轻微的斑驳，善待你所有的出发

假如从春天回来

假如从春天回来，从斜坡上的一丛山樱
或者蓝天的鸽羽中回来
你就会原谅那根悲伤的琴弦
就会让那只忧郁的灰蝶从你眼中飞出
留下一条安详的水，给它细雨微风岸
也给它未来的决堤

一声鸟鸣戴在天空

晨光，一半在小雏菊上
一半在六岁女儿的脸上

我给她梳理小小麻花辫
当菩萨握着我的手
抚摸她柔软的头发
初荷在池，炊烟在村
生活正与一些轻柔的东西来往

最后给她插上小小发饰——
蓝色的小燕子
仿佛一声鸟鸣
戴在天空

晨　歌

进屋的是远处来的一段歌
没有敲门，它有林雾般的腰身
带着一种表情
像小女儿扒开土壤，看豆子发芽
那么它，是来屋子里看
有没有一个寡言的女主人
她有没有在清晨里
把桌布、花瓶、厨房里的烟尘
连同枝条般的思考
安置得如同院子里那些诚实的瓦罐
准备接受新的一天从阳光开始的
恩赐和礼遇
并愉快地成为
消失的一部分

如果爱

你说过的话，在河里流动
下游到上游
红蓼截住半句，月色用沉默补充
你低头犹疑，序语参差

那个早晨，看麦娘分走露珠
谷穗分走春天
你从湿漉漉的田间迎风走来

我的欢乐，是河边会呼吸的漩涡
闪烁而隐匿
且与你川流不息

父亲的日记

秋天被落叶隔在左边
右边的树枝送过来一个初冬

父亲不善与人交往
老房子的门墩模仿着他
父亲寡言
一盆兰草、几只鸽子、一缸鱼就是他的日记
他的句子简单平坦，不懂修辞

他骨骼里刮过的萧瑟
遇到兰草，就纷纷开出春天
他脸上温和的笑容
被鸽子衔着，天空打开了所有的蓝
那些年轻时弯曲的日子
会在鱼缸里游动
直到生活的疼痛成为遗迹

一封信的长度

阳光下，植物慈祥
每一棵都能纺成棉布
我身后跟着鸟群，鸟群身后是天空

我的步履与云朵平行
草丛里虫声清浅，仿佛虚构
回家的路，是一封信的长度

我是稿纸上一个文字
欢畅而温暖，有草木的光
从你好到祝语，款款地走
桃之夭夭地走
雪落青瓦地走
窗口等我的灯光是落款

这是一天中最松软的时候
月光照蒲团

阳光不能挽救的

榆树叶的影子落在侧脸
你捏着针线，缝补意外的残损
小心地，像用阳光在挽救
多么完美的伤口
时间已找不到它

类似的一幕还有
某个午后，你们
年轻的你和他，你们一起
将破灭埋在树下
春天来了，草在那里长出来
花也是，嘤嘤的蜂总不知所措
不知爱哪一个春天更好
你们看着，想到花下的秘密
灰烬的羽毛在彼此的沉默里传递

微笑的水

上台阶，登平台，收集气象数据
每天中午都要重复明确的动词
记录仪的滴答声，来自各种天体
气压、风速、温度
每一遍数据的记录将他过滤一次
仿佛他逐渐远离情感
只与偏僻的数字发生关联
他不是神，却屹立于山顶
将风雨交加的世界转换于纸上
以宁静主宰动乱
气象学的教育使他成为晴朗的一部分
他睡在微笑的水里，睡在祖屋的墙上
在我脚踝系上月光的人

纸上的爱

以河水为背景的植物，不是为了悲伤
王子锦带开得像明信片
它要把耀眼的红寄往哪里

柳树的信仰是去往低处
它把春天垂在岸边
栾树，用一半树干撑起华冠
以纪念死去的另一半

还有悠扬的海棠，冷峻的加杨

其实，它们不在河边
河水也是虚构
你留下的空虚，我不知如何安置
就信笔画下去
植物在纸上一一复活
它们越清晰，你就越模糊

是的，有些爱只有静止的宿命
我只不过想归还
可是它的生长速度，追上了
热带雨林

兄　弟

老友去世了，春天刚开始
群山起伏是大地的疼痛

消失如一把钝刀子，也在收割父亲
我本以为经历七十年的苦痛
他已经能看着死亡
如同看他手植的韭菜花

老友常坐在枣树下与父亲摇蒲扇
现在，我家枣树下
有一个他留的空洞
父亲每天用皱巴巴的笑
炖烂的粥，烧暖的炕
把那个洞一点一点填起来

好的爱情

荆芥穗、薄荷、防风、紫苏
同时进入她的体内
她虚弱得像一小片影子
铺在窗前的阳光里

这些苦涩的植物养育过露水、鸟鸣
又用余生养育她的一段凉

她和草木，以这样意外的方式相逢
战栗的苦
就像遇到了好的爱情

一棵迎风的树

从加杨树中走出来
一边走一边挣脱了叶子
长发在空中飞啊，翅膀的痕迹

一些闪光的东西在她的行走中聚拢来
落在眉梢
十六岁的女儿，她走着
装满春天的所有信息

她将穿过善良的雨
也会养育一小丛孤独

时光像迷人的大鸟
落在年轻的校园里
所有的真相也都赶往这里，闪耀着
想要重新出发

天将晚

晚饭前要吃的药物越来越多
摆在桌上，如同蒸好的地瓜那样自然
坐在黄昏里的母亲，越来越小
如同一个胶囊，在时间的指使下
向内一点一点塌陷

我担心再这样下去
她又会跟四十年前一样
身体里能装下的，全都是苦水
然后还会
一点一点将自己淹没

晴　朗

女儿牵着清晨
她的蓝裙子开在路上
她开在路上
野花一丛一丛的，替我开在路上
我替它们穿过篱笆，过清清水塘

水塘后是祖母的庭院
她坐在树下，照过枣树的阳光
又照着她的轮椅
枣花重新回到枝头

檐下的燕子，依然不慌不忙
用小小的身体丈量人间的珍贵
比如，祖母的白发
比如，女儿的黑眼睛

晴朗适合很多事物
每一个我们都喜欢

角落里的光

所有的光都心怀善意
角落里的光也一样
我们老家的上元夜，一年一次
父亲用萝卜用菜根制作简陋的烛灯
低矮之处的，照看鸡窝和马槽的神灵
石榴树下的，寻找叶子返回的路
最高处的，在房顶迎接天空里的亲人

夜晚黑得稠密，世间情义浩荡
父亲总坐在暗处，好像他本身是一个角落
他脸膛黧黑，十指黝黑
是我一生里用不完的光

春天的螺钉

万物回春，母亲站在一堆行李中间
又回到了故乡
多年来，她依然不肯信任城市的三月
仿佛她是一枚不能缺少的螺钉
需要拧紧在老屋的房梁

我熟悉她所有尚未生锈的动作
不过是去看野菜有没有占领阳光
不过是在土路上走成暮色
不过是温热地
跟乡邻交换陈旧的词语

更多的时候
她枯坐着，跟春天促膝
在雨水中缓缓返青

夜曲，兼致严青青

夜色越黑越明亮
姐姐，我们就这样坐着
不说话的，还有旷野里的风
我们并排在高高的草叶上
还坐着一只唐朝回来的青鸟

我们走了那么久
你从花开花落的经纬中
我从山寺回荡的钟声里
我们走了那么远的路
你从无字的尺素中，我从青布长衫里
我们走得那么慢
脚步一程，马车一程
泥泞一程，溪水一程
从不刻意寻找

雪落了，满天都是芦花
姐姐，我们依然
夜空一样深的沉默
可是，草木泥土的褶皱里
都是我们的话语

我们用不再单纯的眼睛

和雪花一起

爱着这又轻又美的人生

母亲简历

一身灰色的十岁
不像新娘的二十岁
碾子般辗转的五十岁
中药铺一样，罗列苦草的六十岁
第一次去公园的七十岁

她的人生终于拥有两处细节
出发前反复更换衣裳
仿佛那些花草唯一要见的，是她
在公园里荡秋千
七十岁的孩子，一生被摇得好疼

如果可以，请拿走我岁月里闪光的一部分
粉碎成最笃实的土壤
让她暮年的简历，开满奔跑的花朵

等于风

几十年后我才领悟到
父亲拼尽一生修缮的高大祖屋
等于我儿时用泥巴堆成的城堡
都是时间的假设
而瞬间推倒的城堡在记忆里有
更完整的须根

故乡中央的祖屋是父亲的指纹搭建
每一处灰砖、黄泥、缝隙
都来自他的体温
当孩子们跟随蒲公英飞离
撑了一辈子的祖屋日渐失去力气

年末的风里
我一步一步走近
带着重返旧物的陌生
帮祖屋找回丢失的补丁

好久不见

你犹豫地清点每一块消失
清点多出来的平静
年少的我们，气息大于郊外
拎起春天就走，随时酿造悬崖
这么多年
所有的节气已在体内穿过
我们有大雪的深情，也有阳光的寡意
雨中的断桥也参与了我们的形成
我们依然热爱旷野
只是有了石头的心，把天空搬进身体
并缀以星辰

忽已晚

叶子落尽后，榆树独爱鸟窝
灰色事物容易相爱
爱得深的时候，所有麻雀衔来雪
叶子便从前世返回

我的母亲也是一棵树
遍身挂满茂盛的露珠
我们兄妹是她枝头最饱满的果实
风一吹，就绚烂
风一吹，整个胶东平原就顺服了我年轻的母亲

母亲小于一棵树
她没有自我往返的能力
岁月帮她卸下负累
以两手空空安置她
而月光，在她身上找到了满意的轮廓

听说爱情回来过

阳光在地板投下银幕
将女人置于中央
她的表情如同茶几上的菖蒲
梦里掉出来的植物
阳光只做了一件事
反复读她手里那封旧信
你好到再见，到你好
将她稀释成每一个文字，又凝聚成汪洋
阳光没能做到的是
将她从落款的名字里救出来

春天挑选的

像野地的小葱
鸟鸣、氧气、春天的薄冰都在你脸上闪光
四肢里奔跑着小鹿
瞬间跃进山林，忽又停下
在溪边看水
你胸膛里涌动一个海洋
珊瑚俊美，鱼群珍贵
石头安静，时间消失
大白鲸猛然就飞过来
扑杀了月光

孩子，我拿不出更美好的来比喻你
我知道，所有靠近你的
春天都已用心挑选

我是你摇篮的一小部分

小脸贴着碎花棉布
睡在坦然的摇篮里
你弯着身子，像柔软的蚕豆

看着你，我两手空空
好在
我不能给的，大自然能赐予你
星辰与河流在近处，鸟鸣和真理在远方
它们将与你交谈，比人类更诚恳
它们都是你的护身符，同时给予你
迷人的危险

孩子，其实万物都将是你的摇篮
连同生活给你的悲喜
一起将你的未来你的茂盛轻轻晃动

多么荣耀的事情
我成为你摇篮的一小部分

海天一色

残茶在木盘里翻滚，下落
安详得如同一个遗忘
一些多余的东西擦洗着日子
比如现在，茶的两端
我和你，坐在夕阳里
没有言语，整整一下午
把爱情过成了多余的样子
无数的怨尤相向，无数的南辕北辙
沉落湖底，我惊讶于
彼此，神奇地连接在一起
成为对方的部分
现出海天一色的威仪
中间穿行着一个令人怀疑的
被称作生活的物体

东风面

在木头上雕刻叶子，埋首论文，抄写《金刚经》
三件不相干的事奔走于各自的大路
走得飞扬，云层之上
走得沉潜，湖水之下
三月的风吹暖它们的前额
最好的事情莫过于
做事的三个人互为眼前人

午后的阳光在窗外摆渡
小部分浮在茶杯里
丈夫、女儿，还有我，围坐茶桌前
偶尔聊着，几个短句散发茉莉香气

我们手中的事情
继续着各自的旅行
有时误入歧途
就停下，落于杯中
有时遇到繁花，就互相赞美
大多数时候，它们分头安静赶路
把三个主人幸福地
丢在一起

一年将尽

这一年，母亲在汤药中反复浸泡
父亲被时光之蚁吞噬为漏洞
这一年，门口的狮子在石头里养育雄心
眼神庄严，鳞爪尚未高出一寸
这一年，我丢失了中年人的平静
话少泪多爱上双手合十
不再需要去山寺
万物皆爱人，我能随时抛弃自己
甚至与草交换肝胆

昨日可留须纵酒
我谢绝了朋友们的邀请
一个人去旷野中
摆上地平线，摆上白水河
掏出身体里负雪的山，跟阳光聚一聚

暮　色

谈到日子蛋壳般轻易破碎
期许成为无用的液体
我们表情暗淡
好像那些细节是肩头的阳光
未曾有重量
未曾有荒凉

这是北方的年末
墨兰开挥霍的花，香气悠扬
阳光倾斜着参与我们的日子，只是
我们胸口的梅里雪山
不是它融化的

那些捏碎的日子沙石般
在生活的河床里沉落，成为堤岸的一部分
看护我们的流淌

夏日最后的玫瑰

我们沿着岸边走
落日从肩头滑下
我们一起，把暮色送进水里

寂静从你我之间穿过
淹没了大海
玫瑰从里面长出来
它鲜明，是我们未出口的话语

告别的花朵，水为土壤
在时间里从不枯萎

愿它以拂动的样子
安抚每一级走过的台阶
每一桩夜色
也默默地
突然战栗在雍容的大雪里

副　歌

我们在屋顶谈论文学
人生沿着它
沿着绳索向远方伸去
下是山谷，前有山花蛊惑
我们因热爱拥有危险的幸福

绿皮火车、山坳、灯光的暗处
我们从遥远的地方赶来
成为一个替身
不断用文字堆积的
想象中那个人的
我们需要被茫然安置

谈及未来，手中的烟向下飞
纠缠又分离
如同身体里升起的真实的虚幻
为我们沉迷

酒杯盛满旁白，我们一饮而尽
向摇摇欲坠的天空望去

你的弧度

大多时候，钥匙被闲置
在茶几或者安静的口袋里
一板一眼，严厉而棱角分明
亲爱的你看，这多像那些真理
正确而有效
我们在家里几乎并不使用它
我们的视线常常低于或者高于它
就在刚才，执念占领了我
在我们之间不断交错，编织
悬起尖锐的网
又一次捕捉了我们的伤口

你慢慢蹲下去
收拾起散落在地的激烈碎片
并非没有指责，你用一生叹息
仅此而已
也用中年男人的弧度，仅此而已

真理再一次输给了错误的宽宥
那把挂在墙上的钥匙
在阳光里闪着无用又温柔的光泽

另起一行

木簪挽起长发，耳边一点朱红
年轻的手握在一起
简单地，给爱系好不再打开的
蝴蝶结

风知道她是新娘，就够了
小雪满天，赠予他们洁白的仪式
雪是爱情永远的余音
他们的爱，在鲜花与赞美之外

他从来没对她说过
那天在雪中，她轻轻说话
微微侧转的脸庞
使中山路到香港中路
云霄路到太平路的所有事物发生转动
那些微微的倾斜
是他珍爱的最盛大的典礼

云朵落在云朵上

你传来七里香的图片
色白蕊黄，五只瓣
我正在夜晚散步，好香啊
打着卷儿的香
跳动的香
将群山浮起来的香
你为我一针一线编织围巾的香
月光成为每个人的站台的那种香

呼吸是淡蓝的小鱼
亲爱的
我距离你，恰好七里

十　年

那个叫蓝鱼的酒吧
在海棠胡同的地下
我们在那里剥落时光的釉层
在微醺里虚构自己的轮廓

红酒是你亲手用田野酿成
我们重逢在秋天的水边
一前一后，有时候走成左右
走一段有声响的阳光

门前的石楠花还在
空空的房子也在，只是
主人已不知去向
一条鱼搁浅在水底

像两片落叶，我们一起坐在门口
一起向天空望去
好像我们走了那么远的路，是要来填补十年里
不在我们肩膀之间的
蓝蓝的天

我们不能作声

抬头的时候
十月阳光，在杨树叶子里闪
高高地闪，没有落下来

左边，乱子草微粉色
是出走的梦种下的
右边，湖水碧蓝
映着梭罗先生的薄衣衫

微微的风里，我们坐着
并排的还有
栾树的影子、不知名的虫声，以及
你偶尔望过来的一瞬

那么多美的东西在心头
我们不能作声

第四辑

故乡在水上

我的芦苇

有时候，认识一种事物
是从它的死亡开始
贫穷，并没有让所有的倒叙诞生悬念

以芦管的形式肃立在我的童年里
我的芦苇被浸泡被晒干被碾压
被锼被穿，被豁成苇片
在煤油灯下，被一双皲裂的手编织
被铺到土炕
每个冰凉的苇席上都爬着一个哭泣的孩子
最后，它因破败被焚烧，以火的形式完成自己

有一天，第一次
我在河边看到年轻的芦苇
她头戴芦花，站在《诗经》里
与春水一起，回到古代

那情景让我顿时遥远起来
仿佛我认识的芦苇
不是从芦花被砍掉开始

麦子与麦子

从没见过那样一心一意的植物
面容端然，暗地里移动节气
让散漫的风承认
生长是一件郑重其事的事情
然后在微微的南风里
它们一起说黄就黄了
"群山之上是夏天"
我时常倾斜于它们
就像我对时间的屈服

村头的教室里，一些麦子在光芒里行走
他们眼睛清亮，有庄稼的表情
窗内的麦子荡漾着
窗外的麦子荡漾着
这时候，天空把自己推远，更远
然后俯身于
这世间的优美的轮廓

春天不说话

白鹭游在云里，云游在天空里
河边的事物都缓慢，仿佛一直在出发的原点

草连着草
野花在坟冢上摇曳，鲜艳地摇
野花也在我身边摇，素净地摇

我一整天不说话，河水一样
一整天做着流逝的事情
可真美

信　物

有些草很贫穷，却能自己挽救自己
我一直认为，它们是神放在人间的信物
比如瓦松
它低矮，想省略掉所有的空间
它土气，绿色只有七分
它是植物中的苦孩子，从未收获人类的关注
把根扎在空中
日夜修炼自己
与风借水，与月光借土壤
某一天我偶然抬头
看到一些小小的塔端坐在屋顶的瓦缝中间
庇佑那些年我们清苦的家
我感受到这么多年来，被低微的事物所爱的
那种高贵

在中草药种植园

孩子你看
开黄花长肉叶
平卧在地的这棵草叫马齿苋
它还有一个自豪的身份是蔬菜

翻白草的叶子翻过来，一片灰蒙蒙的白色
你可以叫它鸡腿根
一到春天，它的根就鸡腿一样在地底跑

双花的名字多美丽
一蒂二花，形影不离
白头翁不是鸟，秋天长出白色花须的时候
就是仙翁了

孩子，在这片园子里
你还会认识玉竹、茵陈、泽兰
这些中草药最骄傲的事是从村子里走出去
走成一碗汤或者一片药
把人类的疼痛拿过来
扛在它们弱小的身上

冰　凌

冷是有形体的
当它冷得越过分界线
就会找到老房子的屋檐下
结出骨头一样的冰凌
它也总愿意找到贫穷的我们
让我们用竹竿、用梯子去取它们的命
我们大口嚼它
嚼出了糖块的声音

雪　国

一个人徒步，不带灯火
黑暗使得落在雪上的脚步都好听
有一种美，是甘于堕落的声音
你看大雪扑面

其实雪没有厚德，遇到它
许多事物轻易放弃规则
黑暗失去光芒，鸟类放弃羽毛
我就是夜色本身
一边解开绳索，一边播种飞行的玫瑰

看不见的事物面容可亲
我固执地认为，只有雪国
才配得上一个人听到自己的寂静之声
激荡天空时
那不明不白的泪水

阳光好的时候

阳光好的时候
我跟院子里的枣花一样
忍不住想推倒矮墙
开到天边去

跟门前那条水一样
忍不住想卸掉河岸
走到云里去

而村头的西坡，它哪都不想去
它跟外婆是一对僻静的邻居
给外婆送野花，制造玫瑰的气息
也送蝴蝶替她飞
生前没走出村子的外婆
终于获得了远方

我家就在岸上住

反复来这里，是因为
它的气息能与我瞬间相认

在这里，植物忠于生长
想高就高到天上，想矮就矮到土里
没有人给它们附加名字
没有人给自由以绳索

有时候，我枕着石头睡了
死去一样安宁
白水河的太阳帮我减去任何大梦

人到中年，我一遍一遍来这里
爱上这里的旺盛野蛮，没有头绪
更多的时候
我愿意像它的深秋那样
任自己幸福地荒芜下去

我还是愿意在尘土飞扬的农村活着

你看，我长出一身风和野草
在春天的山坡上执迷不悟
月一来，就随便躺在地里
呼吸整个麦田

夏天的黄昏在蒲扇上摇过去
蝉叫得像尘世正在失神
马齿苋开小花
却在墙角占据一个桃源

秋天嘛，我坐在草垛上
看五谷六畜中
神灵在各处安详
农夫与蛇都面容喜庆

村庄在雪中矮下来
直到玻璃上的厚霜
替它吐出花朵

我还是愿意在尘土飞扬的农村活着
我还是爱粗手厚茧的乡亲

你若来，我在灶前添柴

风尘　　便轻轻

滚落下来

某些深情

春天来临前的那一部分
秘密地
正在预备很多悠扬的名字，我爱

跟老牛一起在田野中
饱含泪水
看泥土如何又一次生出众多相逢

跟草一起在河岸钻出来
眼睛干净
仿佛第一次看到天空

在三月的小路上走着
忽然停下来
像一枚鸟窝立在阳光里
我爱那巨大茫然里的悲喜

未来的莲花

他伏在桌上，一笔一画画莲花
这个戴着花镜的孩子
第一次画画
用拿过铁锹、锯子、锤子的粗手

他简直是在用橡皮作画
不停改动，好像非要画出香气
两幅莲花终于在暮色里盛开
绿叶子，红花朵

他是要把这两幅画贴在黑布鞋的鞋底
想着某一天脚踏莲花而去
十年前，他为自己准备好的黑礼服
叠在结婚时的红柜子里
整齐得像一个期待
十年间被修改过三次，越来越时尚

父亲说，准备这些时
他内心欢喜，就像当年
要结婚时一样

在暮色中越来越轻

麦子返回土地，流水越过天际
空荡在暮色中四处生长

白天是个软体动物，用现实主义的触须困住我们
一场月色暗中发作，我们参与其中
在薄暮中越来越轻

无数个我，随意放在风中
你听林声优美
你看月色蓬松
万物各得其所，一起轻轻荡漾

三棵野菜

如同流向，如同领悟
一段路被另一段路接走
春天把它的想法告诉我们
总是从那些野菜开始
它们动作简单，一路喊着自己
从冷遇里拔出自己
夜走成夜，根抱着根

一棵在坟前停下，替远方的人守护前世
一棵在墙根停下，等待瘦的羊向它走来
从时光稀薄处
最苦的一棵，走进碗里
帮隔壁的哑巴二嫂
取出余下的泪水

一粒光搀扶着另一粒光

从山顶望下去
村庄曲线柔和，如同一对翅膀
人家挨在一起，叶子连着叶子
凑近了，你会听到叶脉日夜流动
三百年里他们像岩石上的草
身子悬在空中
向天空借风借雨借日子
可是，苦涩和伤口从没让他们忘记远方

三百年过去了
它们依然紧紧偎依
它们知道，只要在一起
就是一粒光搀扶着另一粒光

属　性

越来越发现我有山的属性
当它仅仅现出轮廓
身体开始流动草木的汁液
先于我走进山林

曾经为蓬勃的野花所诱惑
现在，枯枝就能轻易呼唤我
再认真的叶子也会落下
一片就掩埋了夏天
秋风指引我，要做潦草的人

一个人在山里，从日出到日落
跟着它顺从季节，弧度随意
也跟随它，爱上凋零的繁荣

明月照沟渠

空谷上的水
像中年的美人从画中走下来
一头连接青湖
另一头，也许就是山下的桃花了
我们从来不想知道它的去向
我们着迷于微微迷惑的词语
比如"哪里"

它不必知道身外就是悬崖
只管在天空里流动就好
生活具体，我们需要在抽象的隐喻里落脚
你看，明月照着的
是不是活过来的一版旧事

冰　花

忍了再忍的事物容易被记住
比如冰花，不是窗户上的马尾松
也不是瓦砾上的水藻
是开在锄头木柄上的
在院子里，像一束下凡的月光
时间在乡村的十二月松弛下来
不必再去招惹杂草和山坡
不必再把力气举在空中
那些气喘吁吁的时间啊，请坐下来歇息
屋子里，男人们的旱烟倚在炕头
仿佛自己就是骄傲的天空
窗外，一块卸掉劳累的木头
给自己披上了洁白的锦绣

我像一块泥巴

草木有心，让出山路
沿着它走，会走进天空里
人在风里，风在林梢

阳光铺下来
黄背茅尖叫着往深秋里去了
合欢树举着最后一朵花
像举着一个吻
我翅膀微小，适合停留在那里

一整天我都没有登上山顶
迷恋野花和鸟鸣，寸步难行
像一块泥巴陷进山中
我们胸腔贴着胸腔
眼睛望着眼睛

感到荣幸的是，我在那一刻
拥有了植物的品德

有些风，刚从溪水里起身

乡村到了八月就慢下来
云落青瓦

傍晚的风里，我是一只散步的蝴蝶
遇到什么，什么就是花朵
什么就是野心
那些风，刚从溪水里起身

天空干净，神灵就在身后
依次排在后面的还有
一天里最慈祥的光，满地草香
扁担上摇晃的人生

我的村庄，在炉膛的微火和炊烟里
接受幸福的引导

这时候，我走着，茫然又空虚
像院子里装满月光

那么繁华的苹果

它们在山上集合起来
仿佛是一个事件
那么多繁华的苹果
要建立一个王朝

那种红，来自天边
来自悬崖和深渊
醉里挑灯，霸王别姬
把尘世打翻

那种红在奔跑
越过土地的贫瘠、霜雪的凌厉
越过男人的粗手厚茧、女人的花头巾

我从来没见过那么繁华的苹果
举着满山巍峨的红
在奔跑

野　菜

泥胡菜、小藜、羊蹄根
这些跳跃的脚步把村庄领回春天
拉拉藤不听劝告
它就是要野蛮到天边

在村庄，如果还没有见到这些草
别担心，它们一定找来梯子
帮自己翻过高墙

这些田野里呼啸的植物
把秋冬轻蔑地弹出去
它们低矮寡言
但它们集体推动三月的姿势
让我深深着迷

梨花梨花

虬曲，凝重，退回沉默
古树将我的目光穿透
关节粗大，思索模糊

我还听到枝干里的声响
一根羽毛初飞的
一只露珠滚动的

天空即将招架不住的
三百年的怒放
与灵魂有相同的出身

站在树下，我是另外一棵
妄图模仿它痛苦的姿态
举着那么轻的花朵
像给人间，托起祈祷

秋　歌

以为你还会为一年攒齐季节
你被秋天的草截下了，跟它们一起
埋在田野

你是重情义的人，跟草纠缠了一辈子
最后，学着草的样子
从人生里拔去一个季节

秋　安

狗尾草对着自己的影子点头
点一下白一层
蚂蚱细起身子
它不知道有种叫节气的短剑
马拉草已拉不动一身的绿
匍匐在自己的腰上

秋天，你坐下来，我想跟你谈谈
万物宛转，皆有所归
你缔造的丰腴正在满足中消解
感谢你向人间宣告
什么才是最好的安于现状

再晚一些你可以去往北方的山坡
我的兄弟终日在那里劳作
他们会把你从肩头放下
像一件农具那样挂上墙头

像晚风一样好

我们是睡在雪花上的人
将自己揣进梦里的人
这么久了，亲爱的你
有没有生活得晚风那样好
开满野花的山坡，有没有独自流泪

我们还会不会并肩风中
鸟群戴在头顶
还会不会在宿命的雨中
谜底埋进空中

能不能拿走岁月隆起的寂静
如同拆掉一颗纽扣
能不能留下相爱的细沙
如同大地珍藏裂谷

在春天的十字路口
我能不能再一次云一样
把你的微笑送到天边

一些粗旧的东西认出我

榆木桌子纹理粗糙，疤痕依旧
如同榆树倒下后，直接搬进来的

墙上的旧钟指向多年前的三点
它没有声响，不与未来交流

布门帘上稻草金黄，辘轳无声
汲水的人正要从画面里走下来

蒲团空着，等待故人
马灯昏黄，护送夜晚

这是异乡的客栈，一些老物件握着我的手
跟故乡相认
我在时间中反复淘洗自己
直到现出粗旧的纹理

墙头草

不表白什么
南风来了，她点一下头
雪花来了也是
祖母八十岁的时候，活成了墙头草
酷爱太阳和沉默
人间的事看与不看都一样
她甚至已不屑于占有空间
终日坐在角落里，堆起雪白的光阴
我每次披着雨水向她望去
都能获得一个渡口，名叫
"此身"

父亲从集市上归来

父亲空着手，从集市上回来
他是去卖几把春天的小葱
父亲空着的手里，落着金灿灿的欢喜

他总是坦荡地把季节分成一扎扎
嫩绿地，摆在大街上
接受生活的敬意

这个泥做的男人
终生的理想是拥有土地
他的土地已越来越小
小到一棵白菜，小到一棵葱
不能再小了，我害怕有一天他再次拥有天空

集市是故乡的博物馆
我们的父亲，把粮食送去，余下秋风
力气送去，余下白发
大半生送去，余下越来越瘦的日子

我知道，父亲还将继续搬运
仿佛他创造的物什都是多余的

所有的出场都为了向消失出发
我不愿意想象，他送出的最后一件物品
是他自己

石竹不说话

弱小的事物从不出声
却能唤出一个人的隐秘
暗河和漩涡
洞穴和野兽
石竹允许我俯下身去
它羞涩，用小的花朵拜见春天
它善良，使我简单，缩小进叶子里
更加热爱蓝天

它是偏爱遗憾的植物
被我看到的时候，小锯齿刚把花朵剪好
若无的香气逼人恍惚

在春天的傍晚
反复被被弱小的事物所动用
我有雨水的多情
愿意成为它们的故乡

木防己

小珠果模仿葡萄
将秋天酿的紫色全部搬进身体，还不够
又将满山阳光收了进去

这种木质藤本还有好闻的乳名
土木香
是谁的误会，它没有香气
无所忌惮的野性产生了毒性
在我血液里发作
忽略九月的天空，忽略朋友们的再三呼唤
我隐身于一群小球体
欢喜的顶点，晴朗的绝望
交集为枝蔓上另一串

神不在别处，在灌木丛里
圆圆的小自在
它不想要任何朝拜

表 达

父亲总要找一个偏僻的角落
门后、槐树下、奶奶的坟前
仿佛他与烟之间的交流是秘密的事情

因为烟，他可以尽情沉默
他的悲伤和欢喜，被星火代替
他弯曲了身体，蹲在那里
缓缓完成烟雾中神圣的过程

父亲没有去过寺庙
从三千米海拔的地方
蝴蝶般的烟叶，飞到他的手中
被卷成世界上最小的香炉
日子的苦在烟叶里飞度
烟雾上升，一个人的大半生下落
只留下一截无用的烟头
捏在时间手里

初春引

而小路，已经有勇气
拐进巷子尽头的老屋
八点钟的太阳将祖母蓬勃在院子里
她满身绿叶，春天是从她出发的

喜鹊高踞在空中楼阁
作为居住在天空的物种
它有理由欢快，我们却不能

我们能做得更多
消融，流动，变异
春天没忍住的，我们不需要隐瞒
天气这么好，浆果一样好
青山青，白云白
答案简单，日子明确
在春天，我们不要意义
将自己分散，散到心里
被不确定的野生的成长
所捕获

槐花坞

五月里哪也不要去
就坐在槐树下
看风在树梢微微作乱
看青白的天

哪也不要去，在高高的树下
看槐花从多年前返回
或浅或深的鸟鸣
跟绿叶多么相配

看天边被铁锹逐渐填黑
我们的母亲，如同一片黄昏的草叶
从田间归来

坐久了，会感觉自己刚从土地长出来
阳光会把它在植物身上做的事
也对你做一遍

随意草

像它的名字
随意一个地方就能安家
就能将卑微的一生掩身埋名
这一次，它们决定了
在小路转弯的地方起身
张开涉世未深的面孔

暮色中，针状叶片将绿色磨得明亮
是许了多重的愿望
才能让花朵的肉身被赋予亲吻的形状
急于发言的花，有来自肺腑的心事
又没有发出声响

云在后退，山已退到天际
时间退到黄昏

我也在草丛中蹲下来
等待它郑重的第一声

春深处

梧桐不是春天，是春天之前
它选择以冷漠的方式热爱
当别的树绿到深渊
它一身昏黄，退在墙外
想发芽了，就把泄气的土色
怯怯顶于枝头

别的绿已有倦意
它才铺开硕大的叶子
在北方，也没有比它更坦诚的叶子
摘下一片便可以止住故事里的血
想说话，便开出一树花
请放心，它们声音微小
不肯让你听到
一袭裙裾，站在庄子的秋水里

梧桐不是春天，它是春天之后
最好的古琴选中它
背对月光弹奏泪水，与悲喜无关
却说出了，心的位置

母亲坐在三月里

一部分阳光顺着树叶
进入她日渐简陋的身体
一部分阳光伸出手，扶正她单薄的影子

母亲获得了与春天相反的延线
三月向上生长，母亲向下
年轮细小，如同蛛网

衰老的母亲坐在三月里
这多好
三月替青草润色，完善，添好对话和情节
给母亲腾出来的空间增加形容词

河水破茧，花事尚早
母亲坐在三月里
就是对春天最好的意义

棉　花

它是心善的花
在村庄给新娘做花被
暖和的日子铺出去千里

你一定不知道，它还是药
我们将它烧成灰烬
敷在身上那些被冬天冻破的小小沼泽里

它用小朵黑暗
轻轻地托着重的生活
托着油灯下低的母亲

我于是喜欢蓬松的事物
把生活搁在上边

此　中

简单的事物都住在天边
云朵和我，我们偏僻
没有性别

黄昏像是念头，忽然从山野的心里冒出来
星星下落，虫鸣上升
我在此中，类似漂浮物
不知所归，不需所归
茫然将我扩大，通向无限
仿佛目及的一切，以及遥不可及的神秘
都发祥于我

耽溺于那样的不知所措
造物的虚幻让人获得孤独的甜度
于是我每天
盗取黑夜献给雪白的诗歌

夏日之歌①

善良是炉台，沉默是雨水
他修剪多余的风
为叶羽分出转世的花朵

也为妻子修剪疼痛，夜晚的辗转
带回的鸟鸣和芬芳搭成阶梯
妻子的微笑沿着它越升越高

白玫瑰和阿佛洛狄忒
爱的泣血，茎刺的幽秘
这些植物的附丽，他并不知晓
他只希望人们沿着自己进化成草木

玫瑰村庄土地健康，云朵吉祥
那个迷信的园丁说
苍老的她才是生命里的上上签

---

① 夏日之歌是玫瑰的一种。

你是它们中的一个

可以沉默了
越来越多的事物能替代你

从石斛出发到达菖蒲，可以耗尽一天时间
它们用前言表达火，用后序解释冰
腰封必然用空白填写
以反对张扬的花朵

其实它们两个住在阳台，彼此毗邻
两棵草就足以让你消失一天
还有热带鱼、珍珠鸟、花椒木
都可以让人练习无言术

跟它们一样，你也是
房屋里生动的饰品
多年后，你还会是
泥土里多余的摆设

不存在的树

窗前的树真干净，叶子没有
名字也没有
一无所有站在春天里
也不是，有时落上月亮

雾来的时候，它站在那里
像剩下的一场爱
爱里的人已不在

很多这样的树，好像从未存在
某一天毫无征兆地
把全世界的花都开好了

也可能，死后才被想起
我们在炊烟上找到它

最平静的它，在祖父的牌位上
旁边挨着年轻的祖母

是什么安慰了落叶

像对人世的叮咛，雨水从云里落下
落下的还有鸟鸣

我们迎着它，来到这里
牛记庵很小，牛记山把它揣在怀中

一定有不需要我们明白的
就像炉台里灰烬冷静
一旁的栾树却举着灯笼，这么鲜艳的事物
就像羊咀嚼雪白的光阴，尼姑在一旁念的
不是经书
我们在香炉前求的，不是虚无

就像这时候，一枚叶子落下来
并不是给另一枚叶子问路

大地上排列的事物

请让我从山顶说起
兰亭的雪穿过唐朝的树
野杏开满山路
青草低矮，怀抱恩情
晶亮的小河是你从远处送来的信件

我是从山那边赶来的
大地上排列的这些事物
护送我到你门前

一只蝴蝶落在我即将喊出的
你的
名字上

秦　椒

因为刺的缘故，秦椒喜欢独居于山坡
当果实深于秋色
它身披邪气，不知悔改地
从山野来到生活中央

它以独立的姓氏进入日子的细节
水里、油里、锅里
进入植物的骨髓、动物的枝叶
为烟火而生

没有谁再记得，它是皮刺结出的星星
远人，近水
以相邻的省份做株距
执迷尖锐的单纯

它从天空走下来，像我们一样
被生活反复制作，身已破碎
那秦椒般矛盾的滋味越来越稠密
就像我们中年的处境

底 色

莫兰迪不是蓝不是白
不是某一种固定的颜色
是一种色彩关系
恍若蒙上时间的尘埃

那个叫莫兰迪的画家，钟情于描绘瓶子
偏爱灰暗，脱尽火气
用降低饱和度的方式，把宁静与神秘装进静物
把自己也装了进去

几十年后，我的外婆
在中国的村庄也创造了这种色系
她的灰布褂、砂大碗
她的泥墙以及被岁月搓洗的手
都将我反复包浆，抚慰中年的动荡

现在，人们爱上低沉的色系
以阻止自己不断进化的光芒

诗歌如何回到自身

——评刘颖诗集《大海娓娓道来》

刘永春①

对于诗歌写作而言，在对自我的审视中走向世界、在对世界的书写中反观自我，是两个同时同步的、互生互渗的过程，因而也是抒情主体与诗中的意象、修辞、主题一体生长的过程。最大程度在文本中敞开自我，将自我的精神结构与世界万物融合为一，是诗歌的理想境界。这也是许多诗人的自觉追求，如海子所说，"从'热爱自我'进入'热爱景色'，把景色当成'大宇宙神秘'的一部分来热爱"，因此，"他们流着泪迎接朝霞。他们光着脑袋画天空和石头，让太阳做洗礼。这是一些把宇宙当庙堂的诗人"。这种在发现世界的过程之中重回自身、重回生命、重回真正的诗歌自身的诗学努力，时时处处体现在刘颖最新诗集《大海娓娓道来》的每个角落。因此，"大海"实则是诗人精神自我与世界万物的复合体，是"我"通过"大海"向着更深层自我的螺旋式回归，是两者的最终合一；"娓娓道来"则是一种主客体交融的倾诉过程，是对世界的去蔽与敞开，更是发自自我同时也面向自我的深沉倾诉。主体与客体、"我"与"大海"一旦合一，不疾不徐、深入细致的

---

① 刘永春，文学博士，扬州大学教授，文学评论家。

"娓娓道来"就能够催生出良好的诗歌写作状态、精致的诗学气象与深沉的审美精神。在这种意义上，《大海娓娓道来》可以确认，刘颖的诗歌写作走在一条正确的道路上。

一、"我是雨即将落地的那一部分"

诗歌写作首先是抒情主体与自然万物融合的过程，主客观精神在文本中产生交融的姿态、方式、程度、结果等都是诗歌内在审美建构的重要维度。这种交融本身就是构成诗歌抒情功能的核心要素，否则诗歌就会变成对客观世界的纯粹摹写（即只叙事而无抒情）或者对自我精神的纯粹虚构（即只具个人性而无法与他人情感连通）。刘颖的诗歌则在物我交融的诗学结构中尽力寻找着平衡的位置，从而构造出属于自己的书写空间与审美模式。因此，其诗歌中的抒情主体往往化身为独自走出城市、走入自然的现代女子，观望万物，在万物中回望自身，然后兴尽而返。在这种出走与回归互相隐喻的抒情结构中，城市内外的生活场景、万物兴废的沧桑感悟、本体生命的悲欢苦乐都可以全数找到自己的位置，并引领诗歌文本迈出自我的藩篱，走向更加广阔的诗意空间。

《我是雨即将落地的那一部分》以空间为维度，采用欲扬先抑的写法，从"不知道"逐渐过渡到"才知道"，既静态地写出了自我精神深层的幽微结构，又动态地刻画了物我交融的渐进过程。全诗第一行"多年以来，我一直不明白"统领了本节后续的三个疑问，引导着全诗从自我追问开始并同时逐渐深入到外在世界与主体深处，使得后续的事物摹绘都涂染上了强烈的主观色彩。杨树叶、虫鸣、星空都变成了精神风景的组成部分，而不是从景物中产生出某种皮毛分离的情感。刘颖时刻注意将情感与景物视作同等重要的因素，通过交替使用主客观视角来将两者充分搅拌。因而，本节中排比结构下的三个句子各自在内部都采用了主客体对话的方式，以我观物与以物观我同时进行、相互生成，最终建构出具有动人美感和高度哲理的文本形态。在本节的宏观结构和微观结构两个层面，诗歌的抒情走向都是在不断努力将物与我、景与情、见与思融合在一起，从而引出对世界与生命的个人体悟："为何在星空下会忽然泪下/觉得人间已跌落/我已自失"。在第一节结尾处，诗歌的抒情节奏坠落到最低处，对生命的感触也轻轻触碰到人心中最柔软、脆弱、无助的深处，完成了诗意曲线的从平面到低谷的"抑"的过程，为"扬"做好了最佳准备。诗歌不是抒情主体对外在世界的观后感，也不是旅行手记，其最终的目的必将是对自我的更深审视，其抒情过程是一种精神现象而不是物理现象。"雨把方向交给风"这一图景带领诗歌的抒情节奏开始反弹，开始跃出谷底。但它不是纯粹的自然现象，而是饱含着抒情主体的生命体验，是高度哲理化的诗意图景，因而"才知道"的内容也就在精神深度和哲理高度上顺畅展开："我是雨即将落地的那一部分/遇到泥土，就安详或者/轻轻起飞"。到了全诗的结尾，物我融合已经完美形成，"我"变成了"物"，"物"里充满了"我"。经过全诗的铺垫与转折，这种融合早就超越了物我之间的比喻关系，从观察、理解世界万物回归到了审视、重构自我，"安详或者/轻轻起飞"刻画出来的当然也是生命深处的精神场景。短短的一百余字中，诗歌展现了曲折多变的抒情节奏，表现出了幽微复杂的生命体验，建立了高度的物我融合，在文本的精细度、复杂度、完成度等方面都是值得高度肯定的。其所坚持的物我融合审美模式在刘颖诗歌中具有重要典型意义。

《麦子与麦子》以时间维度，将眼前的麦子与记忆中的麦子叠印在一起，从而实现了现实感悟与成长经验的对照与合并，在此时与彼时的时间间隙里充分展开抒情主体的生命体验，从而由景及情、由物及我、由外及内，完成物我融合的抒情过程。这首诗同样由互相对照的两个诗节组成：第一节是现在时态，以"我"的视角开始，以"麦子"的视角为主；第二节是过去时态，以"麦子"的视角开始，以"我"的视角为主。第一节中，"一心一意""面容端庄""郑重其事"等都是以人拟物，物的品性所传达的其实是人的品格，对"麦子"的书写呈现的是"我"的人格理想。建立在自身的精神品格基础上，"我"发现"麦子"的品质，从而将自我人格外化成为眼前的事物，在描写自我向完美人格的趋近过程中传达"我"的自我审视，并同时完成人的事物化与物的人格化，进而表达对于现实生活的精神姿态。从"从没见过"到"我时常"，显然这个主客合一、物我融合的过程是长期性的，是一个在"物"中反复体验"我"的漫长进程。当然，更是一个物我双向趋近、相互敞开的过程。本节的最后一句，"我时常

倾斜于它们/就像我对时间的屈服"，这里的"倾斜"与
"屈服"用相近的动作和画面形成了反义关系：前者重复
的是对以麦子为象征的理想人格的渴望与坚守，是乐观的、
向外的、面向未来的；后者呈现的则是对那些压抑生命的
外在因素的感叹，是悲观的、向内的、面向当下的。两种
截然相反的情绪能够和谐地共存于一句之中，其前提条件
当然是前面各行的物我融合达到了深彻的程度。对于第二
节来说，本节中还有一个线索性的词语，那就是"生长"，
不仅仅是"麦子"的生长，更是"我"的生长，它为下一
个诗节提供了可能性和合理性，也提供了巨大的主题空间。
它既是两个诗节之间的联系枢纽，也是全诗抒情结构的最
重要线索和主题内蕴的最直接体现者，是读者沿着文本表
面走向深层肌理与微观结构的最主要通道。附着在它之上
的"郑重其事"则呈现着全诗的感情基调和主体姿态。第
二节中，"行走""眼睛清亮""表情"等都是以物拟人，
人的状态其实是物的品格，对包含"我"在内的"他们"
的书写却反过头来同时映射"麦子"的坚定品性。诗歌的
抒情方向由近景转向远景，由当下转向过往，由"物"转
向"我"，但"麦子"仍然处于文本的重要位置，并没有
流于借物抒情的俗套。借由此时的"麦子"到彼时的"麦
子"的转换，诗歌进一步加强了物我融合的深度与力度，
并将当下与过往两个时空紧紧联结在一起。"窗内的麦子"
与"窗外的麦子"共同附着在"麦子"的意象之上，两者
既是所处时空中的观望者，也是从当下时空中发出的回望
视线的被观望者。与第一节末尾相同，"推远"和"俯身"

形成方向相反的两个动作，却以巨大的张力丰富着诗歌主题。全诗以两个诗节的强烈对称建构充满多义性的主体空间，形成了巨大的审美间距，能够容纳丰富的阐释可能。当下与过往、"麦子"与"他们"、长大成人之后的困惑与郑重生长之中的坚定等对立又融合的因素构成坚实的抒情架构，实现了物我融合的广度，并由此产生出极其渺远、独特、细腻的生命体验。

刘颖诗歌中的物我融合是广泛存在的，并在这种融合中普遍呈现出温和、有爱的主体姿态。她在自己的诗歌中执拗而普遍地书写着世间万物，并以这些事物为自己的情感与生命赋形、赋义。麦子、树木、野菜、花朵、芦苇、瓦松、鱼等等，众多田园性的意象在她的诗歌里来来往往，社会性的场景却较少现身。她在观照这些事物的时候总是带着自己的真诚善意，尽量靠近它们，然后俯下身来与它们喁喁而谈。在《我像一块泥巴》中，"草木有心，让出山路/沿着它走，会走进天空里/人在风里，风在树梢"。草木、山路、风这些事物都是"我"的情感展开于世界的通道，也是"我"所选择的生活方式，沿着这些通道，"一整天我都没有登上山顶/迷恋野花和鸟鸣，寸步难行/像一块泥巴陷进山中"。拟人化的事物与拟物化的自我，两者相互靠拢，主体与客体渐渐难以分清。这里所包含的不仅仅是对自然的热爱，更大程度上其实是赋予自我生命以理想化的结构形式与思辨性的精神内涵。因此，与植物、与自然界的一切美好事物融为一体是刘颖诗歌共同的精神走向，"感到荣幸的是，我在那一刻/拥有了植物的品德"。在这种意义上，从纷繁嘈杂的城市中"出走"反而是一种具有形而上意义的"回归"，是重建诗歌中自我精神主体性的最佳方式。"植物的品德"在生命哲学层面所具有的建构意义不言而喻。这种精神走向在刘颖诗歌中所在多是。"使我获得新生的/经常是海/当它用那种飞翔的蓝和微微动荡占据我"（《大海娓娓道来》），"夜色是一条近路/让我从身体里出走/如忧伤的人，一低眉就抵达深秋"（《夜色是一条近路》），"我总喜欢在路边慢慢走/落在松针体内，白蝴蝶体内，脚边的青石子体内/直到我成为夜色的一部分/落进自己的体内"（《我落进自己体内》），这些诗行沿着时间或者空间，走向更加广阔的世界或者回到久远的原初状态，铺展成了诗人寻找自我精神在世界上的化身的详尽过程。

二、"我爱那巨大茫然里的悲喜"

在走入自然的过程中重构自我，这是当代诗歌中较为常见的诗学路向，它的归宿并不是轻飘飘的景物描写，而是蕴藏着深刻而锋利的人生体悟，只是其中锋利的那一面更多地被有意淡化处理。这种诗学路向出现在中国诗歌中的时刻离现在并不遥远，海子，是其真正的源头，后续也有一些诗人以自己的方式继续发扬。在这一流脉之中，刘颖诗歌的显著特征在于闭合的精神主体与纯粹的价值取向，或者说，她在诗中只倾力表现美好，极少书写伤痛，伤痛被掩藏在美好身后，美好不断淡化和调剂着伤痛。因此，在情感基调上，其诗歌大多都是明丽朴淡的，从完整的自我出发，经过与万事万物的融合完成对自我主体的丰富与提升，也即通过"成为夜色的一部分"最终"落进自己体内"。

海子曾经对自己诗中的季节书写进行了阐释："对于我来说，四季循环不仅仅是一种外界景色、土地景色和故乡景色，更主要的是一种内心冲突、对话与和解。"因此，现代诗歌中的自然景物往往不是抒情客体，而是对抗生活现实中的虚妄与荒诞的途径，是带有强烈主体性的诗歌要素，甚至很多时候就是主体性本身。刘颖《假如从春天回来》将春天及其所包含的事物作为现实生活中各种悲伤的稀释剂，以对美的发现冲抵精神深处各种沉重的情感体验与生存境遇。全诗只有一个结构并不过于复杂的句子："假如……就会……"既含有某种对现实生活的超越，也含有对这种超越本身的保留。假如这种"假如"存在，那么通过物我融合萃取情感、超越悲伤就是城市生活中的各色人等的普遍选择；假如这种"假如"并不存在，那么诗中所做的假设就是人们难以逃脱悲伤的证明。在这种意义上，文本的重点并不仅仅在于寻找摆脱情感压抑的有效方法，而在于通过这种自我救赎过程所揭示出来的现代城市生活的巨大悲伤和难以摆脱。春天，被具体化为"斜坡上的一丛山樱"和"蓝天的鸽羽"，它们消解、稀释、对抗着悲伤的琴弦""那只忧郁的灰蝶"。经过这种对抗，生活与情感变成"一条安详的水"，可以"细雨微风岸"，也可以"决堤"。现实生活中的悲伤看似得到了解决，但这种"坦然"却充满着更多无奈。在寻找救赎的途径与对自然之美的依赖方面，这首诗与海子的《面朝大海，春暖花开》有着高度的同构性。两者呈现的都是身处现代性悖论中的人们只能通过想象性逃离来完成自我救赎的尴尬境遇，都带有明显的乡村文明想象与物我同一的文化立场，都包含着对这种救赎过程本身的自反性否定，其中的悲剧性与深刻性值得重视。可见，"假如从春天回来"这个空间移换蕴藏着对现代生活的深沉反思，具有深刻的哲学意味。另外，这首诗与海子所热爱的诗人荷尔德林的最后一首作品《远景》也有着明显的精神联系："当人的栖居生活通向远方，/在那里，在那遥远的地方，葡萄季节闪闪发光，/那也是夏日空旷的田野，/森林显现，带着幽深的形象。//自然充满着时光的形象，/自然栖留，而时光飞速滑行，/这一切都来自完美；于是，高空的光芒/照耀人类，如同树旁花朵锦绣。"从现实世界逃离，去寻找大自然及其具有的救赎力量，源自荷尔德林精神最深之处，也构成刘颖诗歌物我融合的常见模式。

《给你》一诗塑造的依然是一个沉浸于周遭景物而心生悲伤的女性形象。全诗从"伤口"写起，经由"大海和我，两种内部相同事物"的深沉对视，诗歌的情绪由悲伤逐渐平复，对生命体验的书写也逐渐得到深化与升华。"我一定是它遗失的伤口/不然身体里的蓝为什么又一次/带我到这里"，强烈的反问语气里包含着对由"它"所催生的悲伤的难以接受，至于"它"的形成原因、发展过程和情感结果，诗中都有意做了留白处理，并将其处理为这位女性形象独自来到海边的背景与前史，从而将社会性的情感推到了抒情中心之外的远景，既为后文奠定了激烈的抒情基调，也使得诗中写实性的叙事成分最大程度减少、想象性的抒情成分最大程度增加。"这个玫瑰气息的早晨"与独自看海的行动、充盈在行间的悲伤形成反差，进一步加深了诗中的伤感氛围。观海者的悲伤涌入大海，大海容纳所有的悲伤。在人与海的融合过程中，这个早晨之前的所有悲伤都得到了稀释和排遣。都市女性的生存状态、情感状态甚至心灵状态都在这种融合中得到了想象性的改造。她所面对的大海依然是经过外化了的内心图景，甚至独自奔赴海边这种行为本身都可能是想象性的，是都市女性摆脱俗常生活、寻求情感出口的模拟行动。无处不在的悲伤就像河流一样流入大海，大海与野外自然中的事物一样，同样也是躲避现实、逃离都市的途径与方向。略有不同的是，诗中的观海者并没有返回，而是在第二节中化身为"水的雕塑"然后"消失于大海深处"。其中所体现出的决绝意味比其他文本略强。

除了自然万物，各种社会情感也是刘颖诗歌的主题，尤其是亲情与友情。在这些情感的呈现过程中，其诗歌同样具有克制隐忍的美学品格和超越悲伤的抒情方向。这些作品主要集中在第三辑《月亮主义》之中。《一声鸟鸣戴在天空》刻画了温馨的家庭生活场景和母女深情，"晨光，一半在小雏菊上／一半在六岁女儿的脸上"，在此场景中，现实种种退到了视野之外，一切变得柔和起来，"初荷在池，炊烟在村／生活正与一些轻柔的东西来往"。《一年将尽》在淡淡的讲述里将生活的琐屑、无奈与荒凉与内心的渴望、期待与寻求救赎并置在一起，像散文诗那样娓娓道来："这一年，母亲在汤药中反复浸泡/父亲被时光之蚁吞噬为漏洞/这一年，门口的狮子在石头里养育雄心/眼神庄严，鳞爪尚未高出一寸/这一年，我丢失了中年人的平静/话少泪多爱上双手合十/不再需要去山寺/万物皆爱人，我能随时抛弃自己/甚至与草交换肝胆//昨日可留须纵酒/我谢绝了朋友们的邀请/一个人去旷野中/摆上地平线，摆上白水河/掏出身体里负雪的山，跟阳光聚一聚"。在各种压力与希冀的交织中，一个"丢失了中年人的平静"的女性反复勘探生活的意义，寻找着走出现实的可能途径，那就是"一个人去旷野中"，"身体里负雪的山"所象征的现实困境无法得到彻底解决，只能短暂地"跟阳光聚一聚"。乡下的父母、门口的石狮子、城市里丢失了平静的中年人，横向地构成了现实生活场景，更满含着哀伤与忧思，甚至达到"能随时抛弃自己"的程度。因此，"地平线""白水河"更像是梦想中的救赎之地，"旷野""阳光"更像是精神归宿而非与城市生活场景对立的现实存在。相较于父亲和丈夫，第三辑中的诗歌在抒情对象上更集中于母亲和女儿身上。前者以《母亲站在弧线上》《晨歌》《阳光不能挽救的》《天将晚》《春天的螺钉》《母亲简历》《忽已晚》为代表，后者则以《不如旧》《一只鸽子侧过脸》《信的背面》《一声鸟鸣戴在天空》《一棵迎风的树》《晴朗》《春天挑选的》《我是你摇篮的一小部分》《薄暮》等最为典型。已入暮年的母亲和一路成长的女儿，诗人在对她们的倾诉中抒发着自己的痛惜与疼爱，也反射着自己中年女性的复杂心境。这些诗歌同样大都"娓娓道来",不疾不徐的情感基调符合诗人的现实处境与心灵状态。回归家庭、回归亲情、回归温暖,这与时下女诗人诗歌写作中的情感撕裂产生了明显差异。

刘颖诗歌中的"夜色"与哀伤是温馨而充满希望的,令人迷恋,却并不极端。很多时候,现实生活中必然存在的那些哀伤与痛苦没有被形诸文字,而是变成了诗行之外的留白,即使偶有触及,也小心翼翼。"在三月的小路上走着/忽然停下来/像一枚鸟窝立在阳光里/我爱那巨大茫然里的悲喜"(《某些深情》),这些"巨大茫然里的悲喜"只是出现在"我""跟老牛一起在田野中/饱含泪水、看泥土如何又一次诞生许多相逢"的路途之中,是走向万物的一段旅途,"某些深情"的来龙去脉及其忧伤内涵不会成为抒情重点。在这样的意义上,刘颖诗歌中的抒情主体存在于横向移动的共时性结构,是空间性的,丰富、辽远、开阔、坚定;其抒情节奏则是纵向行进的历时性过程,是时间性的,紧凑、明晰、简洁、快速。两者结合,共同形成了饱满结实的诗意空间和明亮温暖的抒情氛围。同时,纵横结合而成的文本结构保证了主体情感的广度和诗歌主题的审美深度,却又不失温暖明亮之感。

三、"就像大海对着一条小鱼,娓娓道来"

作为女诗人,刘颖在自己的诗歌中并不刻意强调自身的性别身份,而是将温和的女性意识广泛地弥散到对世间万物的凝视、体验与爱抚之中；以这个过程本身来凸显女性主体在诗歌写作中的坚定立场，而非将这种坚定诉诸文字。因此，刘颖的诗歌大多数都是明显的女性文本，是来自女性的，大多数时候男性只是简单地出场或者缺席，却并不包含强烈的反男性姿态。爱情，是诗歌永恒的主题之一。世间的爱情大同小异，关键是看诗人如何处理，将其设置在怎样的深度与浓度，又在爱情书写中传达出怎样的现实体验与人生情怀。《大海娓娓道来》在爱情书写方面具有较为统一的叙事结构、情感基调和艺术风格，淡定温和、略显惆怅的中年女性是其中共同存在的抒情主体。温和的女性意识，甚至产生了对世界的母性意愿，使得爱与恨都不走极端，生活始终处在自我调适的过程中，"这时候，我想把恨的人再恨一遍/比邻而居，三生往来/把爱的人再爱一遍，那情形/就像大海对着一条小鱼，娓娓道来"（《大海娓娓道来》）。"娓娓道来"的写作姿态使刘颖诗歌形成了一个世外桃源般的情感世界，因为通过诗歌走向理想的生活才是刘颖诗歌的核心旨趣。接受现实的无奈，从其中寻找超越的可能途径，从而完成对无奈现实的诗意改造；同时，对心向往之但身不能至的理想爱情进行审美建构，为现实生活与爱情建造理想的镜像——通过这两种路径，"娓娓道来"从写作姿态上升成为自觉的诗学追求和成功的写作实践。

在男女两性之间普遍性的爱情方面，刘颖诗歌往往关注既存在缺憾又向往美好的爱情心理，诗歌中的女性主体往往仍然相信爱情、相信真正美好的爱情仍然存在于如此这般的世界上。《与你》对爱情主题的书写采用了精巧的叙事结构，从三个人一起去看云的人物关系写起，描写理想爱情的样子："小声说话""偶尔目光相遇""大雪在身体里起飞"，等。结尾处的突然转折带来了强烈的戏剧效果，也将诗歌主题升华到了新的高度。全诗的四个诗节分别在男女两性之间和女性与女性之间进行展开，最后又复归到女性对爱情的理解，最大限度地对爱情主题涉及的各种主体都做出了精彩阐释。"跟你并肩的／是我留出的雕塑般的空白／我跟在身后／是想看一处空白所拥有的／无力的悲伤"，既是对爱情的深入思索和哲理概括，也是对女性自身在爱情关系中所渴求的情感体验的深度再现。在爱情中变成"雕塑般空白"的女性不得不独自面对自己内心"无力的悲伤"。这是对当下社会中普遍爱情状态的真实还原，也是对女性在爱情中的挫败感的有力呈现。《会不会是爱》呈现的则是女性幽微细腻的爱情体验和对爱情的挽回。所有的情感在恍惚迷离的守望中化成光，向对方涌去，向爱情诞生的那个位置涌去，而"那是你摘下樱树上的一枚天堂／递给我的地方"。在这类作品中，现代城市女性的爱情场景往往回归到了自然世界，城市里的生活现场全部缺席。

在家庭之内的爱情关系方面，刘颖诗歌大多在温馨的室内环境中描述男女双方的情感对视与互相体谅，爱与被爱都在宁静淡然的日常氛围中得到刻画。《东风面》着重描绘丈夫、妻子、女儿共同形成的良好家庭关系和情感关系，充满画面感。全诗的三个场景同样充满温馨和幸福。上午，三个人做着三件不相干的事（在木头上雕刻叶子，埋首论文，抄写《金刚经》），他们彼此之间并不交谈，但情感在他们之间自由、惬意地流动着，"做事的三个人互为眼前人"。中午，"午后的阳光在窗外摆渡/小部分浮在茶杯里/丈夫、女儿，还有我，围坐茶桌前/偶尔聊着，几个短句散发茉莉香气"，甚至带着古典气息的生活场景跃然纸上。下午，"我们手中的事情/继续着各自的旅行"，表面松散、实则紧密的关系结构中，每个人都是舒适和幸福的，他们共同营造了家庭氛围，又一起享受这种氛围。"大多数时候，它们分头安静赶路/把三个主人幸福地/丢在一起"。《海天一色》用细微敏感的笔触刻画出两性在爱情关系中的平静幸福，虽然经历了许多波澜却最终坐在一起，平静对视。"茶的两端/我和你，坐在夕阳里/没有言语，整整一下午/把爱情过成了多余的样子"，不是青年人的热烈之爱，不是老年人的沧桑之爱，中年人沉稳内敛的爱情同样也是弥足珍贵的，能够为现实生活提供足够的动力。在此基础上，"无数的怨尤相向，无数的南辕北辙/沉落湖底，我惊讶于/彼此，神奇地连接在一起/成为对方的部分"，通过两性之间的和解，女性的爱情体验进入了更高的精神层面。这些诗中流露出来的女性情感方式、对爱情的理解深度、对家庭生活的描写角度都值得重视。

除了两性关系视角下的爱情书写之外，独处的女性及其对情感、对生命的理解也是刘颖诗歌的重要侧面。这类女性经常处于独自出行、独自观看、自我交谈的状态中，即使出现对话对象，很可能也只是一个虚拟的倾听者。"无数个我，随意放在风中/你听林声优美/你看月色蓬松/万物各得其所，一起轻轻荡漾"（《在暮色中越来越轻》），这里的"我"是显性的、实在的主体，而作为对话者的"你"则是功能性的、假想性的，是"无数个我"中的一个，是"无数个我"与各居其所的万物"一起轻轻荡漾"的中介。可以认为，这样形为对话、实为独语的抒情结构是其诗歌风格的核心特征。由此，诗中略略写到的现代人的孤独也被抒情主体与自然景物的互相融合所快速消散，成为一种浅浅的、即时性的孤独。"我来过的这段人间，多么美/我埋首，让自己/小一些，更小一些/像一颗甜甜的尘埃"（《允许自己更小些》），美好的一段人间克服了生活产生的孤独，让一粒尘埃变成甜的，这是刘颖诗歌中女性意识的典型形态——在走出喧嚣、回归原野的过程中寻找自我，在与万事万物融为一体中化身为生活的美好本身，或者，俯身于尘埃，与万物和光同尘，与生活完成和解。不是对抗来自男性的压制，不是抗议生活的暴虐，也不是强烈的自我展示，只是将自我"随意放在风中"，让自我"小一些，更小一些"，从而达成与世界、与生活"一起轻轻荡漾"的和解状态。这种路径的选择需要强大的内心，需要克服外在苦难的勇气与能力，更需要有坚定而温和的女性意识。在《大象向北》中，抒情者化身为大象，一起出走，一起体验孤独："这一次，我想制作一个巨大的落款/用玫瑰的香和罂粟的毒/留在内心最小的地方/我愿意这一切，与你们无关"。诗中的女性抒情者，独自体验大象般的内心孤独，坚定地承担着孤独在"内心最小的地方"所刻下的"巨大的落款"，不形于色，不发而为言，不化而为怒。于是，"大象向北/一个人的孤独向北"，带着内心的微妙体验，女性抒情者仍旧表现出对世界的乐观与善意。

对于刘颖，诗歌写作既是朝向世界与自然的不断行走，也是对其中蕴含的勇气与力量的一次次寻找与发现。她在贫穷岁月里屋顶上的瓦松身上找到了"自己挽救自己"的精神，这件"神放在人间的信物"使"我感受到这么多年来，被低微的事物所爱的/那种高贵"（《信物》）。在"去看桃花的那个下午"，"除了不确定/我们没有带任何物品"，"偶尔我们也离开自己，进入/叫不出名字的杂草体内"，或者"我们飞起来，仿佛得到愉快的挽救"。女性意识自然地生发于文本之中，也自然地调节着自我与世界的关系，消融了孤独与苦痛，最终回归到"优美"与"高贵"。这种建设性的女性意识遍布在刘颖诗歌的各个角落，是其对现代女性的社会生活与精神现象做出的全新阐释。

结　语

刘颖的诗歌善于借助万事万物来展开抒情主体的精神世界，"观于天地、山川、草木、鸟兽，往往有得，以其求思之深而无不在也"。遍观万物，深广求思，是好的诗歌必然拥有的审美品性。在刘颖这里，诗歌审美意蕴的深刻性并不表现为语句本身，也不变化成为繁复的修辞，而是通过建构具有自我调适功能的独特抒情结构与时代语境、与性别身份、与主体精神不断进行对话，从而产生出诗歌的主题空间和审美意义。她的作品从不大声宣扬、大力主张，只在安静宁谧的独语中温和地表达着自我，观照着世界，抒发着情感。"世间万物真好/有向上和向下的飞翔/大地和天空的接纳都叫作/归来"（《归来》）。朝着大地或者天空的飞翔也是回归到完整、统一、乐观的本我的途径与方式。"人间多好，给你辽阔的爱/生命失去力气的时候，将你移交到天空的厅堂/不必难过，至此可以证实/你本为虚构"（《与己书》），这些诗行展示了辽阔遥远的生活观念，也充满着对生命的强烈热爱。"荒凉的人世里，我们用荒凉提取温暖"（《有所寄》），则更直接地表达出对温暖的生命与生活的坚定信心。对世界之美好一面的坚定信仰，是刘颖诗歌的精神核心，也是其诗歌的最大特色。因此，她的诗歌并未迷失于欲望充斥的现实，并未陷入空洞无味的繁复修辞，并未远离温暖坚定的精神家园，却始终在用自己的方式与态度于文本中进行诗意的行走、言说、建构。

　　总体上，《大海娓娓道来》体现出了强烈的生命意识，是"有我"的诗歌创作。不管是与世间万物的精神融合、对自身精神世界的细致刻画，还是对女性情感体验的多样描述，自我生命状态的深入发掘和温暖平和的生命底色始终充盈在这些文本之中，形成了独特的诗歌美学。通过描写抒情主体与人、物、事、情的遭遇与融通，刘颖完成了对精神自我的重塑，在回归到深刻、真实、有情的自我的同时，也重新返回了真正的诗歌写作应该具有的立场、途径和效果。在诗人真正返回自身的时刻，这样的诗歌写作也就同样返回了诗歌的本真。如此走来，她的诗歌创作已经取得了非常丰硕的成果；继续走去，她一定会形成更具特色的创作风格、获得更加厚重的创作成绩。

图书在版编目（CIP）数据

大海娓娓道来 / 刘颖著. -- 武汉：长江文艺出版
社，2023.10
ISBN 978-7-5702-3216-1

Ⅰ. ①大… Ⅱ. ①刘… Ⅲ. ①诗集－中国－当代
Ⅳ. ①I227

中国国家版本馆 CIP 数据核字（2023）第 115149 号

大海娓娓道来
DA HAI WEI WEI DAO LAI

责任编辑：谈　骁　　　　　　　　责任校对：毛季慧
封面设计：璞　闾　　　　　　　　责任印制：邱　莉　　王光兴

出版：　长江出版传媒　　长江文艺出版社
地址：武汉市雄楚大街 268 号　　　邮编：430070
发行：长江文艺出版社
http://www.cjlap.com
印刷：湖北新华印务有限公司

开本：880 毫米×1230 毫米　　　1/32　　印张：7
版次：2023 年 10 月第 1 版　　　2023 年 10 月第 1 次印刷
行数：4200 行

定价：58.00 元

版权所有，盗版必究（举报电话：027—87679308　　87679310）
（图书出现印装问题，本社负责调换）